Lucie,
mon étoile filante

Julie Laroche-Bocquillon

Lucie,
mon étoile filante

© 2023 Julie Laroche-Bocquillon

Édition : BoD – Books on Demand, info@bod.fr
Impression : BoD – Books on Demand, In de Tarpen 42, Norderstedt (Allemagne)

Impression à la demande

Facebook : facebook.com/luciemonetoilefilante
Email auteure: julielaroche9@gmail.com
Couverture : SYA Illustration

ISBN : 978-2-3224-6918-5
Dépôt légal : Janvier 2023

Je suis enceinte de 38 semaines. Nous sommes heureux mais ce soir, nous sommes inquiets pour notre chatte Bébé Chat (c'est son nom !). Elle a 16 ans et est en sursis depuis 2 ans. Elle est malade des reins et vomit souvent. Elle a de temps à autre des périodes où elle a du mal à se nourrir et vomit beaucoup. Dans ce cas, on l'emmène chez le vétérinaire. On lui fait une piqûre pour la booster et, en effet, elle repart à chaque fois pour un tour. Mais cette fois-ci, c'est différent. Il y a dix jours, nous l'avions emmenée chez le vétérinaire pour un petit « remontant », mais là, contrairement à d'habitude, elle s'épuise déjà et ne mange presque plus rien.

C'est vrai que le vétérinaire nous avait prévenus ; notre chat est vieux et la piqûre va commencer à ne plus faire effet. Mais on l'aime tellement cette chatte qu'on occulte cette éventualité. Mais ce samedi soir, ne mangeant plus depuis quelques jours, elle est épuisée et a du mal à marcher. De plus, je m'aperçois qu'elle fait du sang en urinant. Petite, elle a déjà fait des infections urinaires alors j'angoisse...

Nous décidons, mon conjoint et moi, d'appeler les urgences vétérinaires. On nous donne un rendez-vous le lendemain matin, dimanche. Cette nuit est étrange. J'ai peur. Je suis pressée d'être à demain.

Le lendemain, le vétérinaire de garde nous donne des antibiotiques pour son infection, mais nous conseille d'aller revoir notre vétérinaire habituel pour faire le point. Ses reins s'épuisent, elle s'épuise et il faudrait peut-être envisager ce qu'on redoute par-dessus tout : l'euthanasier.

Le dimanche se passe. Nous sommes, Emmanuel, Léa (notre fille de 5 ans) et moi, aux petits soins pour notre Bébé chat.

Nous suivons son traitement à la lettre, bien correctement. Elle est extra cette chatte, et lui donner un comprimé est un jeu d'enfant !

Ce dimanche soir, il y a Avatar à la télé. Bébé chat est là avec nous, près de mon ventre. C'est d'ailleurs à ce moment, que notre petite puce décide de faire mille et une galipettes dans mon ventre. Mon ventre se déforme. Elle me fait un peu mal, la coquine ! Cela dure un moment. Le chat toujours à nos côtés. Enfin, à la fin du film, elle se calme et nous allons nous coucher. Je ne suis tout de même, pas rassurée pour la chatte. Je ne dors pas tranquille... Et si, dans la nuit, elle mourrait ?

Tout semble aller un peu mieux le lundi. Nous discutons quand même de l'éventualité de dire adieu à notre magnifique Bébé Chat, mais nos avis divergent un peu. Emmanuel serait enclin à la laisser partir « naturellement », moi, même si l'idée me fait mal, je préfère « en finir » très vite car j'ai peur que son agonie dure et que je puisse, un jour, la retrouver sans vie à la maison...

Le lundi soir, je prépare son cachet. Je mets la chatte sur la table (mon gros ventre ne me permet plus de me baisser !) et là... Elle s'effondre. Plus de force.

Je panique, je pleure, j'ai peur. On appelle les urgences, une nouvelle fois...

« Prenez sa température » nous dit-on.

Résultat : 34°C. Verdict :

- Si vous ne la réchauffez pas, elle ne passera pas la nuit »...

Emmanuel va chercher le poêle. On se met devant avec elle. On décide de passer la nuit sur le clic clac du salon avec elle pour qu'elle soit proche de sa litière, son eau.

Je ne dors pas. Je la veille. Elle descend du lit régulièrement. Je me lève pour la remonter, et c'est comme ça toute la nuit. Quand elle s'endort, c'est près de mon ventre, toujours...

Et puis voilà, elle passe la nuit finalement.

Elle mange mieux ce mardi matin. Super ! Ça nous fait plaisir. On emmène Léa à l'école, et on part chez le vétérinaire pour faire le point. Bien sûr, on s'attendait à ce qu'elle nous dit :

« Il va falloir envisager de la laisser partir pour toujours... Mais pas de précipitations, prenez le temps de lui dire au revoir, profitez d'elle.

Je me souviens lui avoir dit :

- Je stresse tellement que je ne sens même plus mon bébé bouger, et elle de me répondre :

- Allez donc, si proche du terme... Dites-vous que c'est une petite vie qui part et une autre qui arrive... »

Tiens, c'est vrai, je me suis tellement concentrée sur le chat, que je n'ai plus fait attention à mon bébé, celui que j'ai dans mon ventre...

Je l'ai bien sentie dimanche soir pendant le film mais après ?... Je ne me souviens plus. Mais bon, pas d'inquiétude, Bébé chat a l'air d'aller mieux, tout va rentrer dans l'ordre ; Je pourrais me recentrer sur mon bébé à naître...

Et c'est vrai que ce mardi était une journée plutôt rassurante concernant Bébé Chat. Nous avons pris la décision de l'euthanasier le jeudi. On pourra profiter du mardi et mercredi avec elle pour lui faire de gros câlins. Elle recommence même à manger, comme si elle savait... Avait-elle sentie quelque chose ? On parle souvent de sixième sens chez les animaux...

Mais c'est vrai que mardi est une journée de répit pour elle et pour nous ; on s'extasie dès qu'elle mange un peu. C'est sûr, on lui donne uniquement ce qu'elle aime le plus (du jambon, du thon ...). Léa rentre de l'école. On lui explique avec des mots simples ce qui va se passer. Il est vrai que depuis deux ans, nous l'avons souvent préparée à ça. On a tout le mercredi pour profiter d'elle, lui faire plein de câlins. Ce soir-là, nous allons nous coucher plus sereins la concernant. Les choses sont actées. Elle nous a prouvé qu'elle pouvait nous étonner, profiter aussi de nous du mieux possible, elle aussi.

Je me couche donc ce mardi soir et là, un autre stress m'envahit. Je me rends compte que mon ventre n'est plus le même, je n'ai plus les mêmes sensations non plus.

Je me rappelle d'un coup le dimanche soir ou c'était la fête dans mon ventre et qu'il bougeait dans tous les sens à me faire mal et puis je me souviens d'un coup d'une phrase que j'ai dite à Emmanuel ce soir-là en me couchant dans le lit : « Tiens, je me sens plus légère »... Et puis depuis, je ne me souviens plus l'avoir sentie de nouveau...

Mais non Julie, arrête de psychoter. Tu stresses encore pour rien (Ah fichues hormones !!). Que peut-il arriver si près du terme... à part accoucher !

D'ailleurs la valise est prête. La chambre (qu'elle partagera avec Léa) est prête également alors... On respire et on souffle ! On se relaxe.

Je suis d'une nature plutôt anxieuse, on me le dit assez souvent. Je le sais, Emmanuel le sait, mes amis le savent.

Je ne vais pas embêter qui que ce soit, surtout à cette heure...

Je ne dors quasiment pas quand même. Cela me travaille...

Au petit matin, je me lève, je tourne, je vire. Que dois-je faire ? J'appelle les urgences ? Non non, que vais-je leur dire ? Et puis, ils vont me dire de passer et puis je vais attendre vraisemblablement pour rien, alors tous ces déplacements, cette attente... Non, pas ça !

Ceci dit, ce matin, j'en parle à Emmanuel et préfère (pendant que je réfléchis) qu'il emmène Léa à l'école. Je serai aussi plus tranquille toute seule à prendre ma décision...

Je pourrais appeler Magali, ma sage-femme aussi. Elle est à peine à trois minutes en voiture de la maison... Mais c'est pareil ; je n'aime pas déranger. Et puis, encore une fois, si c'est pour rien... Elle est très demandée et a beaucoup de rendez-vous... Non pas qu'elle ne se rende pas disponible, non ce n'est pas ça, bien au contraire... Non, tout vient de moi, je n'aime pas déranger, un point c'est tout ! Elle est adorable, c'est sûr, mais ce n'est pas une raison !

Je me pose mille et une questions. Enfin, 9h arrive... Une heure raisonnable, me semble-t-il, et l'heure à laquelle elle arrive au cabinet...

Bon allez, je l'appelle... Et puis je vais me laisser guider. Peut-être va-t-elle me conseiller d'aller aux urgences. Enfin, elle est toujours de bons conseils, alors nous verrons.

« Allo, Magali ? C'est Julie... Je suis désolée de te déranger, mais je ne sens plus bébé... Disons, depuis lundi. Est-ce-que je pourrais venir pour me rassurer ?

- Bien sûr, me dit-elle, ok, viens dans une petite heure... »

Ouf ! Je vais être rassurée, c'est cool ! Je vais pouvoir me dire « Ah là là, Julie !... Tout ce stress...

J'entends déjà Emmanuel me dire :

« Alors ?!!! Rassurée ? Tu vois...Tu stresses trop ! »

J'arrive dans son cabinet. Je m'installe confortablement sur les coussins. On discute un petit peu.

« Alors ? Cette petite chipie nous fait des petites frayeurs ?! »

On commence l'examen. Elle cherche son petit cœur, normalement, comme d'habitude. Tiens... On ne l'entend pas tout de suite ?!... Elle s'est cachée la coquinette... Elle fait une farce à sa maman... Bon, au bout d'un moment, c'est moyennement drôle mon bébé ! Allez, il faut rassurer maman maintenant...

Mes souvenirs dans son cabinet sont un peu flous, je dois dire.

Plusieurs mois après, Magali m'a dit que je lui avais demandé à un moment :

« Mais, elle n'est pas morte quand même ?

- Mais non, que vas-tu chercher là... »

En m'examinant encore et encore, elle me dit ne pas réussir à trouver la position de ma puce. Il faudrait une échographie et elle n'a pas ce matériel ici.

Elle me propose d'appeler Emmanuel pendant qu'elle appelle les urgences de la maternité et les prévient de notre arrivée. Comme ça, je n'attendrais pas. C'est curieux, je ne suis pas inquiète, moi, si stressée d'habitude... Là, je me sens dans un état « bizarre » : Je veux savoir... mais au final...non !

Emmanuel arrive au cabinet, et on file à la maternité. Vingt minutes de route plus tard, on arrive. En effet, nous sommes attendus.

« Bonjour, Madame Laroche. Installez-vous dans cette chambre. On va venir pour écouter le cœur et vous faire une échographie ».

Une aide-soignante est là pour me préparer.

« Tiens, mais on se connaît nous ? Vous étiez venue en juillet car vous vous inquiétiez de ne pas entendre bébé ? »

- Oui, en effet, mais là, ce n'est pas pareil... », c'est sorti tout seul... ! Pourquoi lui ai-je dit ça ? Mais non, ce sera encore pareil cette fois-ci encore. Une fausse alerte et qui sait, Lucie veut peut-être arriver plus tôt et nous faire une surprise ?! Cela ne me déplairait pas en fait... ! On m'a souvent dit qu'elle était basse alors...

Une sage-femme, Marie Claude, arrive. Elle s'installe près de moi et commence l'examen. On trouve très vite les battements de mon cœur. Emmanuel est assis à côté de moi, à ma gauche, au niveau de ma tête. Elle paraît assez froide, comme sage-femme. Elle est concentrée mais je me dis « mais dis donc, elle n'a pas l'air de s'y connaître » (je m'excuse auprès d'elle aujourd'hui d'avoir pu penser ça d'elle, j'ai eu la confirmation par la suite que c'est une excellente personne qui était « juste » concentrée !). Elle reste un long moment à chercher. Je me dis :

« Ah oui, vraiment, elle n'est pas douée ». Puis, un interne arrive avec la machine pour l'échographie. Et là, rebelotte, très concentrée, on voit qu'elle cherche quelque chose, appuie sur toutes les touches... Mais alors, qu'est-ce qu'elle fait ? Elle ne sait même pas se servir de ce type d'appareil ? Et puis, j'ai la confirmation de ce que je pense puisqu'elle dit elle-même en s'adressant à l'interne :

« Essaie, toi ! Moi, cet appareil, je ne le connais pas vraiment ». C'est un comble !

L'interne, un jeune homme, prend la main. Je n'ai pas vu Marie Claude sortir de la chambre... Elle revient quelques instants plus tard avec une autre personne, une femme, médecin peut être ?... Tiens, c'est curieux... Décidément, cette Marie Claude !

Le médecin s'installe. Je vois mieux l'écran. Ah, je vais pouvoir voir Lucie. Ils ont coupé le son ? Dommage. J'aurais bien voulu écouter son petit cœur... Elle aussi est concentrée mais elle semble plus à l'aise. Ouf !! Tiens, l'image est arrêtée ? Je vois bien Lucie, mais sans mouvement... Elle veut mesurer quelque chose sans doute et a arrêté l'image...

Et d'un coup, je ne m'y attends pas. Elle me regarde, nous regarde et j'entends : « Je suis désolée, il n'y a plus de rythme cardiaque chez votre bébé ».

Je ne comprends pas. Je regarde Emmanuel sur ma gauche. Je le vois en larmes, prêt à crier et là, le choc, je comprends... C'est fini. Elle éteint l'écran.

Pourtant, tout avait si bien commencé. Un peu par surprise, mais très agréable cette surprise.

En janvier, Emmanuel me dit :

« Tu prends tellement de médicaments pour ton dos, tu pourrais arrêter la pilule un temps. On fera attention. »

J'ai de grosses douleurs en bas du dos souvent depuis la naissance de Léa principalement, et je suis suivie depuis trois ans par le centre anti-douleur de l'hôpital Bretonneau à Tours. J'ai une scoliose opérée (à l'âge de 16 ans). Concrètement, j'ai une tige le long de ma colonne vertébrale (tige d'Harrington pour les initiés !). Du coup, ma colonne et mon dos ne sont pas trop mobiles. Cela ne m'a jamais empêché de vivre normalement mais la naissance de Léa a dû affaiblir un peu mon bassin. Bassin qui « portait » à lui seul le peu de mobilité que je pouvais avoir... Cela m'a provoqué certaines douleurs qui sont devenues, avec le temps, des douleurs chroniques, qui reviennent assez régulièrement.

J'ai donc plusieurs médicaments que je prends fréquemment. Depuis quelques temps également, nous parlons beaucoup dans les médias des effets potentiellement nocifs des pilules troisième génération sur le métabolisme. On ne sait pas trop en fait...

Tout ça inquiète Emmanuel. Il me parle donc de faire une pause pour la pilule ; un médicament en moins à ingérer !

Nous parlions bien d'un second bébé, souvent. Mais on hésitait. Les finances, les conditions en général ne sont pas au beau fixe, alors l'idée n'est plus d'actualité... du moins consciemment.

D'accord, c'est décidé, je fais une pause. On n'utilise pas de préservatifs mais on utilisera la méthode du retrait. Il n'y a pas de raisons que cela ne fonctionne pas. Non, ce n'est vraiment pas le moment de tomber enceinte... enfin, en théorie...

J'ai mes règles le mois suivant. Bien. J'ai du retard le deuxième mois. Oh, cela fait tellement longtemps que je prends la pilule, c'est normal.

En temps normal, justement, je sais que je n'ai pas des cycles bien réguliers, alors... Je laisse passer ce mois, je les aurai bien le mois suivant. Je n'ai aucun signe (au niveau de la poitrine par exemple !) donc je ne doute même pas. Cela coïncide avec les vacances scolaires d'avril ; cool, je vais pouvoir me reposer. Je suis un peu fatiguée quand même. J'ai une amie qui m'invite à passer quelques jours chez elle à Poitiers. Je vais laisser Léa chez papi et mamie. Manu, lui, seul à la maison et moi, avec cette amie, son conjoint et ses trois enfants. Ce matin, avant d'aller prendre mon train, je décide de faire mon test (que j'avais quand même acheté la veille au cas où !). J'ai regardé sur internet et j'ai lu que, parfois une absence de règles pouvait être due aussi à la présence d'un kyste ovarien. Tiens, justement, j'ai déjà eu un kyste une première fois à l'arrêt d'une pilule...

Je fais donc mon petit pipi sur la languette. Et là, en quelques secondes, deux barres apparaissent ! Mais non, ce n'est pas possible ! Je regarde la notice. Je me suis peut-être trompée. Je vois bien qu'un test peut être positif lorsqu'un kyste est présent sur un ovaire... Voilà, c'est ça l'explication, j'en suis sûre maintenant.

Emmanuel se lève pour se préparer. Je lui dis. Il est un peu « sonné » mais je le rassure.

« Non, non, c'est un kyste ». Je vais donc prendre mon train. Dans le train, je suis quand même excitée... Et si c'était vraiment un bébé ? Non, non, pas de faux espoir. De toutes façons, nous faisions la méthode du retrait alors... Et puis, il n'y a pas eu tant de fois que ça...

J'en parle à cette amie. Elle rigole et me dit :

« Ah, ce n'est pas toi qui me disais pour mon troisième que la méthode du retrait ne fonctionnait qu'une fois sur deux voire sur trois ?!!! »... Oui, mais nous, ce n'est pas pareil !!! sic !

De chez elle, j'appelle quand même mon médecin pour prendre un rendez-vous à mon retour. Ce sera sa remplaçante que je ne connais pas. Pendant ces quelques jours chez mon amie, je suis toute chose, partagée entre joie, légèreté, inquiétude, impatience etc...

Je rentre et me rends à mon rendez-vous. Je lui explique mon test positif, mais que cela ne peut pas être ça. Elle sourit un peu... Pour elle, pas de doute, je suis enceinte (elle ne m'a pas ausculté), elle en est sûre ! La méthode du retrait n'est pas fiable. Je me rappelle d'une phrase qui me fait sourire :

« Mais à 40 ans, vous devriez savoir que cette technique ne fonctionne pas... ». Euh... j'essaie de me dépatouiller, mais c'est vrai que je me sens bête à ce moment-là !!

Elle me prescrit une prise de sang. C'est un samedi. Je fonce au laboratoire ouvert uniquement le matin. Je raconte mon histoire. Mes dernières règles datent de quand me demande-t-on ? J'avoue que je ne sais plus trop... En février ?

La laborantine me rappelle l'après-midi même et j'entends :

« Oui, je vous appelle car, en effet, vous êtes bien enceinte et pas qu'un peu » (ce sont ses termes !!!). Plus d'un mois, c'est sûr, plutôt deux d'ailleurs » ...

Waow ! Finalement c'est une sacrée surprise mais qu'est-ce qu'elle est bonne cette surprise !!!...

Mon médecin me l'avait bien dit : « Je pense que vous êtes fertiles tous les deux, voilà tout » !

On m'avait tellement dit qu'à mon âge, le nombre d'années sous pilule, ce serait long pour être enceinte. Là, trois mois après l'arrêt de la contraception, en plus avec la méthode du retrait (bon... pas très efficace !), c'est incroyable !

Mais, en fait, on s'aperçoit tous les deux que nous en avions très envie, inconsciemment du moins, sans se l'avouer. Notre situation s'améliore, et puis l'idée d'avoir deux enfants, de donner un frère ou une sœur à Léa, un deuxième enfant à Emmanuel, c'est merveilleux. L'aventure allait commencer ...

Je vis ce début de grossesse différemment de celle de Léa. Je ne sais pas si c'est l'effet « deuxième grossesse », et si toutes les femmes sont comme ça, mais moi je me sens plus détendue, heureuse déjà, à l'idée de nous voir, de nous projeter avec deux enfants. Je ne suis pas malade. Je suis plutôt en forme et moi qui ai plutôt tendance à faire de l'hypertension, là, c'est l'inverse. A croire qu'être enceinte me fait du bien !

Après le résultat de ma prise de sang, je vais chez mon médecin traitant.

Il me félicite, bien sûr. C'est plutôt sympa comme nouvelle, oui !... Il me prescrit un frottis, me dit qu'il ne le fait pas mais qu'il peut me suivre pour les six premiers mois. C'est en effet lui qui m'avait suivie pour Léa.

Toutefois, depuis quelques temps, j'ai un peu de mal avec lui. Le courant ne passe plus aussi bien... Enfin, on verra, j'y vais au feeling. Tout est tellement beau aujourd'hui...

Pour mon frottis, je décide de me tourner vers la sage-femme indépendante près de chez moi. Elle s'était occupée de mes cours de préparation pour Léa et avait été très à l'écoute quand j'en ressentais le besoin après l'accouchement, au retour à la maison.

Mais, c'est vrai que cela fait cinq ans que je ne l'ai pas vue... J'avais vraiment accroché avec cette personne. C'est important. Cela me ferait plaisir de la revoir... et de lui annoncer surtout que je repars pour une nouvelle aventure, celle d'une grossesse et de la maternité. Je prends donc rendez-vous auprès de son secrétariat.

J'arrive dans la salle d'attente, seule. Pour ce premier rendez-vous, inutile d'avoir son chéri avec soi ! (un frottis, ce n'est pas ce qu'il y a de plus glamour !).

Sur le coup, en me voyant, elle me dit :

« Mais on se connaît, nous ?! ». Et oui... Et nous voilà plongées dans nos souvenirs. Le feeling est toujours au rendez-vous. De fil en aiguille, je lui explique que mon médecin m'a proposé de me suivre mais...j'hésite. J'aimerais quelque chose de différent cette fois-ci.

Alors, elle me propose de me suivre si je le souhaite. Mais oui ! en fait, c'est même une évidence. Plus simple, plus pratique, plus rassurant, plus tout quoi !! On convient de ce qu'elle va pouvoir me proposer comme préparation. Je me sens encore plus sereine qu'en arrivant. C'est tout à fait ce qu'il me faut. Je veux me préparer et profiter un maximum de cette grossesse. Peut-être certainement un peu tendue pour la première, je veux être actrice de celle-ci en étant le plus zen possible et en me préparant du mieux possible. Sachant aussi, vu mon âge, que ce sera ma dernière grossesse...

Vu mes antécédents d'hypertension, elle me dit qu'elle me suivra conjointement avec une gynécologue de la maternité. Pas de soucis pour moi. Si c'est pour le bien du bébé alors...

Je souris un peu quand même, car, pour Léa aussi, j'étais « classée » GHR (grossesse à hauts risques). Au final, je n'ai pas fait d'hypertension pendant ma grossesse. On m'avait dit qu'au vu de mon âge, j'aurais un bébé avant terme et de petit gabarit. Léa est arrivée cinq jours après terme par déclenchement avec un poids de

3,6 kg tout de même ! On repassera pour un petit bébé !

Mais tout ça, ce n'est pas grand-chose. Je suis d'accord. Encore une fois, pour le bien du bébé et de la maman... Je préfère me dire que GHR veut dire grossesse à hauts risques...de bonheurs !

Et puis, enfin, j'ai une date pour la première échographie ! Waouh ! Nous allons voir notre bébé. Ce sera le 10 mai.

Pour l'instant, nous n'avons rien dit à Léa, ni à l'entourage. Ce n'est pas l'envie qui nous manque mais, surtout pour Léa, nous préférons attendre. On ne sait jamais...

Ce jour arrive...Enfin, j'ai envie de dire ! On se retrouve, Emmanuel et moi, dans le même cabinet, du même échographiste que pour Léa. Ça y est, on va voir notre petite crevette, fille ou garçon... Et le petit cœur qui bat... Impressionnant ... On ne s'en lasse pas. Tout a l'air d'aller bien pour le moment. L'échographiste est très concentré mais assez rapidement nous dit : « C'est une grossesse qui se déroule normalement ». En rigolant, je lui dis : « Alors, on peut l'annoncer ? »

- Sans problème, tout est ok pour le moment ». Il date approximativement la date présumée de début de grossesse : le 03 mars 2013. Je suis enceinte de 11 SA + 5 jours ! Déjà ?! Le laboratoire avait raison alors...j'étais enceinte de 8 semaines quand j'ai fait mon test !

Je suis un peu surprise et peut-être un peu « gênée » de ne pas l'avoir sentie avant ! Je ne sais pas mais, comme les seins qui gonflent... Des choses comme ça, quoi ! et bien même pas ! Mais bon, l'essentiel, après tout, est que je sois enceinte, que tout aille bien et puis, déjà 11 semaines de passées après tout !

Donc, pour le moment, grossesse normalement évolutive. Pas d'anomalie morphologique décelée à ce terme précoce et pas d'épaississement de la nuque. Il est donc plutôt rassurant. Super ! Nous allons pouvoir l'annoncer et tout d'abord l'annoncer à Léa, la grande sœur ! Elle sera ravie, on en est sûr.

Ma Léa va être grande sœur ! Je vais être maman de deux enfants... C'est pas merveilleux ça ! Moi, fille unique, qui, si souvent me plaignait à ma maman de m'ennuyer et de vouloir un petit frère ou une petite sœur pour jouer avec moi !!! Maman une deuxième fois. J'adore cette idée.

Au début de notre relation, Emmanuel me disait qu'il souhaitait avoir trois enfants. Il disait ça d'un ton léger, un peu pour faire comme son frère qui a trois garçons. Je lui disais souvent en plaisantant que, vu mon âge, il allait falloir faire vite ! Nous nous sommes rencontrés, en effet, j'avais déjà 34 ans alors... Et puis, il y a eu Léa et il a réalisé que trois, ça faisait peut-être un peu beaucoup ! Mais deux (lui qui a un frère) était plus raisonnable et réalisable. C'était même assez normal pour lui en fait.

Alors forcément cette deuxième grossesse, c'est un merveilleux cadeau pour lui. Je suis fière de pouvoir lui donner ce deuxième enfant.

Nous sortons donc du cabinet d'échographie, le cœur léger... Ce vendredi, Léa est à l'école. Nous allons la chercher. Et puis c'est le moment :

« Léa, ma chérie, tu vas avoir une petite sœur ou un petit frère. Maman attend un bébé. » La surprise, la joie, l'excitation. Je crois qu'il y a tout eu en une fraction de seconde... D'emblée, Léa nous précise qu'elle souhaite une petite sœur. C'est mieux pour jouer avec ! Viens l'explication que nous ne choisissons pas le sexe du bébé. Bien sûr, elle est déjà pressée et nous avons le droit à :

« C'est quand qu'il arrive ? » ! Euh, pas tout de suite quand même ! C'est vrai qu'à 5 ans, elle n'a pas encore complètement la notion du temps. Alors, on lui dit que bébé arrivera le 1er décembre, le mois de Noël. C'est encore long pour elle bien sûr.

Nous souhaitons organiser une petite soirée, un petit apéro dînatoire avec des amis proches pour leur annoncer la bonne nouvelle. Avant cette soirée, nous demandons à Léa de rester discrète, de ne pas le dire à ses copines, aux parents de ses amis. Elle garde merveilleusement bien le secret pendant une semaine, c'est fort ma Léa !

Une semaine plus tard, deux couples d'amis arrivent à la maison. Nous sommes tous autour de la table et...

« Voilà, Léa a quelque chose à vous annoncer ». Et Léa, de sa toute petite voix toute timide se lance :

« Je vais avoir une petite sœur ou un petit frère ». Tous sont heureux pour nous. On passe une bonne soirée. On taquine Léa... Léa est déjà fière.

Les jours passent, je me sens bien. On a déjà des petits rituels avec Léa. Le soir, par exemple, pour l'histoire et le câlin. Elle n'oublie pas de faire son petit câlin à mon ventre. D'ailleurs, elle en oublie sa maman et fait un câlin uniquement à mon ventre !

Au fur et à mesure que mon ventre s'arrondit, Léa prend de plus en plus conscience qu'un bébé est bien niché au chaud dans le ventre de maman. Cela nous permet de parler, d'évoquer des souvenirs d'elle petite, elle aussi, de ce qu'elle faisait etc... Je lui ai acheté deux petits livres sur la grossesse et les bébés. Elle souhaite qu'on les lise pratiquement tous les soirs !

On est vite rendu en juin. La fin de l'année scolaire approche. Je suis atsem et travaille dans une classe de moyenne section. Les enfants ont donc 5 ans pour la plupart. Ça commence à être un peu dur mais j'y arrive. Je ne fais pas d'effort inconsidéré mais je suis tellement bien dans ce nouveau rôle que les journées se passent très bien. Bien sûr, le soir je suis fatiguée mais mes collègues m'aident beaucoup et c'est appréciable.

Ma sage-femme, Magali, que je vois régulièrement, me conseille de m'arrêter. Le métier d'atsem est un métier fatigant, qui plus est enceinte. On doit se baisser à hauteur d'enfants etc...

Mais non, je suis têtue et je continue à me sentir bien et je mets un point d'honneur à finir mon année.

Peut-être parce que, enceinte de Léa, je travaillais dans une agence de voyages où je ne m'entendais pas du tout avec la responsable qui me traitait très mal, me stressait. J'ai dû, sur ordre du médecin du travail et de mon médecin, m'arrêter plus tôt (dès le 5ème mois). Il y avait un tel état de stress dans l'agence que Léa a eu du mal à prendre du poids au début de la grossesse.

Alors là, je suis épanouie dans mon travail, j'ai de supers collègues... Il n'y a pas de raisons...

C'est vrai que la fin de l'année scolaire est toujours un peu chargée. Entre les travaux des enfants à finir, les enfants un peu plus excités par l'approche des vacances ... Bref ça court de partout, les adultes comme les enfants ! Quelque fois je dois hausser la voix sur les enfants. Souvent je me dis :

« Oh là là, que doit penser bébé de tout ça ? Il doit se dire parfois qu'il a une maman sévère !!! Elle gronde tout le temps ». Alors parfois, je le rassure...

Le 5 juillet, fin des cours...Ouf ! Ça fait quand même du bien. Mais en tant qu'atsem nous avons une semaine de ménage dans l'école. Magali insiste un peu plus et essaie de me convaincre que j'en ai déjà fait beaucoup. Mais je la rassure. Je suis raisonnable. Je pense connaître mes limites et puis les collègues ont tout prévu pour moi ! On se partage les tâches : je leur donne mes « gros travaux » et je leur prends leurs « petits travaux » pour m'éviter de porter de trop grosses choses par exemple. Ça fonctionne, c'est le deal mis en place avec Magali, ma sage-femme.

C'est Emmanuel qui est le plus « virulent », me dit que je ne fais pas assez attention à moi... Mais je résiste et... Je suis têtue (ça, je l'ai déjà dit !)

Encore une fois, je ne dis pas que je ne suis pas fatiguée mais heureuse de pouvoir aller jusqu'au bout. Et puis ensuite je vais quand même avoir plus d'un mois de vacances pour me reposer.

J'ai donc terminé cette semaine de travail, fière de moi.

Nous sommes le 11 juillet tout de même et je suis en vacances officiellement jusqu'au 27 août. Je vais enfin pouvoir me reposer et profiter à fond de mon homme, de ma fille et de mon bébé dans mon bedou.

L'échographie qui doit nous révéler fille ou garçon est fixée au 22 juillet. Nous décidons d'attendre cette date pour partir en vacances. Cette année, nous avons décidé de faire un petit périple en

Bretagne. Moins chaud, et puis, j'ai retrouvé, via les réseaux sociaux, des amis de longue date. Amis de ma maman, que je n'ai pas revus depuis au moins vingt ans !

Mais avant ça, le 22 juillet arrive. Un peu de stress quand même. Tout d'abord, voir si tout va bien et puis nous avons envie de savoir, fille ou garçon. Bon, j'opte pour la fille ! Un peu influencée par mon envie profonde peut-être...

Je pense que, secrètement, Emmanuel aussi, s'étant habitué aux filles !! Je suis sûre qu'il serait tenté par une deuxième petite fille. Mais je reste neutre, je ne voudrais pas être déçue si c'est un garçon. Après tout, je me répète mais l'essentiel c'est d'avoir un bébé en bonne santé.

L'échographiste m'installe. Il vérifie les organes vitaux, la tête, le cœur ...Tout semble aller bien. Il descend vers le bas et là :

« Je vous dis ?

- Ouiiiiii !

- C'est une fille ! ». J'étouffe un léger cri de joie (je ne voudrais pas qu'on me prenne pour une folle !!!) alors je « sors » une phrase qui me vient comme ça, un peu bête dans ces moments-là ;

« Vous êtes sûr ? ». Il me regarde un peu surpris et me dit que s'il est bien sûr de quelque chose, c'est bien celle-là...

Oups ! Désolée mais.... YOUPIIII !!!

Sur le chemin du retour, on plaisante avec Emmanuel qui se plaint gentiment de devoir gérer autant de femmes à la maison. Même le chat est une chatte !

Oui mais, tu les aimes bien tes filles... Oui, j'en suis sûre, il est déjà fier de toutes ses femmes ! Il se projette déjà en parlant de ses deux filles et se voit bien avec ses deux nénettes !

On va l'annoncer à Léa. Elle qui nous demandait une fille...Souhait exaucé ! Ils sont forts ses parents ! On lui fait une petite devinette et, comme par hasard, elle a deviné ! Elle était ravie bien sûr et s'imaginait déjà lui prêter ses jouets (et lui prendre les siens !). Nous partons dès le lendemain, fiers de pouvoir annoncer notre bonne nouvelle et pouvoir présenter à ces amis (que j'ai toujours considérés comme des parents de substitution) ma famille : mon mari, ma fille et la deuxième qui va arriver. Ils sont ravis de me voir, comme moi, et se réjouissent aussi, je le sens, de mon bonheur. Ces quelques jours se déroulent merveilleusement bien. Tout le monde est décontracté. Emmanuel, qui se sent comme à la maison, Léa, plutôt timide d'habitude, est à l'aise, et moi qui me sent épanouie et heureuse par tout ça. Ils gâtent Léa, je suis contente de les avoir retrouvés, surtout maintenant.

On se quitte en se promettant de revenir. Et puis la prochaine fois, nous serons quatre !! Un chiffre pair... Tout de suite, cela fait moins bancal !

Nous partons chez une autre amie qui vit avec sa fille de 8 ans. On fait un petit jeu : « Alors, à votre avis, fille ou garçon ? ». Elles pensent au garçon en se disant qu'il y a déjà une fille... Et bien non !!! C'est Léa qui est chargée de donner la bonne réponse. Elle fait languir... Mais... Perdu ! Trop fière ma Léa. La petite de mon amie est ravie. Malgré son âge, elle est très maternelle, adore jouer à la poupée et elle pense déjà pouvoir nous rendre visite et jouer à la petite maman avec un vrai bébé ! Moi, je trouve ça chouette et je suis encore aux anges, épanouie, bien quoi !

Puis on se retrouve à 3 (enfin à 4) en mobilhome. On fait des balades, on profite de ces moments. Je me sens détendue, pas trop chaud, le bonheur tout simplement !

La petite (nous ne nous sommes pas encore posés pour choisir un prénom ...)

bouge bien, comme à son habitude.
Le contact avec l'eau, d'ailleurs, est rigolo, je trouve. C'est la première fois que je me baigne enceinte. Pour Léa, je suis tombée enceinte fin juillet et on est vite arrivé en hiver, du coup pas de baignade enceinte !
Là, je suis enceinte de 4 mois tout de même. Je commence à sentir bébé alors le contact avec l'eau est très agréable. Cela me provoque de drôles de sensations et j'adore ! Une sorte de légèreté.

Les vacances en Bretagne se terminent. Nous rentrons à la maison. Les vacances se poursuivent tranquillement entre bronzage dans le jardin et petites siestes les après-midis.

Le 21 août, j'ai rendez-vous avec Magali pour le premier entretien afin de parler de la préparation que je souhaite avoir pour cette grossesse. Comme on se connaît bien maintenant, on parle (on est plutôt bavardes toutes les deux !) très sereinement de ce que je souhaite « travailler ». Par exemple, pas de cours sur l'allaitement. J'ai allaité Léa jusqu'à 13 mois et, même si les débuts étaient un peu chaotiques, ça, je gère ! Non, je pense surtout aux relations avec la grande sœur. Oui, c'est plutôt ça qui me stresse un peu. Mais je suis sereine, je suis bien entourée.

Elle me reparle de mon travail, un sujet « qui fâche » !!!

« Tu ne vas pas reprendre ? me demande-t-elle.

- Non, ne t'inquiète pas, ça va aller. Tu sais, il y a deux jours de gros ménage mais les collègues vont m'aider, elles sont supers ! ». Mon congé maternité commence officiellement le 19 octobre.

« Disons que je m'arrête début octobre, ça va ? Et, elle de me dire :

- Je pense que le plus raisonnable et de faire quinze jours de rentrée »

Bon, nous verrons (je l'avais dit, je suis têtue !)

Nous prenons rendez-vous pour le 09 septembre (je suis sûre qu'elle pense que je serai arrêtée à cette date...)

Le 25 août arrive justement. Je ne dis pas que je suis emballée mais je sais que je m'arrête bientôt et que, surtout, je vais bientôt voir la frimousse de notre fille.

Les collègues m'aident beaucoup pour le ménage, ouf ! Arrive la rentrée avec les enfants. J'ai une classe de moyens avec une enseignante pas facile mais j'assure ! Les enfants me posent des questions. Et oui, même avec la blouse, on commence à voir un beau petit ventre. Parfois, c'est tendu. A la cantine, pour servir les enfants, me baisser... Et puis quinze jours ont passé. Ce matin, je n'arrive pas à me lever. Je suis extrêmement fatiguée. Je prends ma tension : 8. Bon, j'appelle Magali. Je lui dis qu'étant jeudi, il me faudrait un arrêt de 2 jours, histoire de me reposer jusqu'au week-end... Elle me répond de façon très douce mais ferme :

« Non, Julie, je crois que tu es arrivée au bout du bout. Maintenant, tu t'arrêtes » ! Ah, comme ça, c'est clair. Finalement, elle avait bien raison d'agir ainsi avec moi. On en avait parlé le 21 août lors du premier rendez-vous de prépa... Je ne m'y attendais pas comme ça, c'est tout.

Je me souviens m'être recouchée, d'avoir touché mon ventre et de dire à mon bébé :

« Voilà bébé, maman est fière d'avoir tenu jusqu'à là. J'espère que tu n'as pas souffert de tout ça. Il y a eu des jours qui étaient durs, mais c'était important pour moi. Maintenant je vais me reposer et être à 200 % avec toi ».

Tiens, d'ailleurs cette petite fille, comment va-t-on l'appeler ? Ce n'est pas simple en fait, surtout que Léa a son mot à dire ! Alors je me pose sur Internet. Sites de prénoms et je note plein de prénoms qui semblent nous correspondre. Puis on commence...celui-là tu aimes ? Et celui-là ? ... Et puis on fait un petit sondage et on voit lequel a le plus de suffrages.

Au début, Léa souhaitait absolument que sa sœur se prénomme Rose. Emmanuel et moi, pas trop pour les prénoms de fleurs ! Il y a eu Emma, oui mais avec Emmanuel, ça ne le fait pas alors... Rejeté ! Ensuite Fanny, ah oui pas mal ça, c'est doux mais... C'est déjà un diminutif de Stéphanie alors... Rejeté ! On pense à Eva mais Emmanuel me dit « oh je te connais, entre Léa et Eva, tu vas toujours te tromper » alors... Rejeté !

Et puis je tombe sur Lucie. Ah oui, on aime bien aussi les prénoms en i. C'est doux aussi et cela signifie lumière. C'est plutôt beau. Léa est moyennement d'accord sur le coup. Je crois qu'elle reste bloquée sur Rose !

Je lui fais écouter la chanson de Pascal Obispo du même nom en lui disant

« Tu as vu, elle est belle cette chanson... » (si ce n'est pas du bourrage de crâne !!!...). Bref, elle trouve finalement que c'est un joli prénom. C'est donc décidé à l'unanimité ; sa petite sœur, notre deuxième fille, s'appellera Lucie.

En tout cas, cette petite Lucie, notre Lucie, est un bébé très actif. Elle bouge très souvent et plus les semaines passent et plus je la sens. Je me rends compte que je la sens plus que Léa. Est-ce l'effet « second bébé » ? on sait comment ça se passe donc on ressent plus les choses, ou tout simplement, c'est une petite plus active... Il est vrai que pour Léa ou Lucie, on m'a dit que mes bébés avaient beaucoup de place dans mon utérus ! Et beaucoup de liquide amniotique, ceci explique peut-être cela !...

Je suis contente de sentir Lucie bouger. Par moment, je suis un peu stressée. Léa nous avait fait une petite frayeur en toute fin de grossesse (une semaine avant la date prévue de l'accouchement). Alors qu'elle était bien positionnée, tête en bas, mademoiselle s'est retournée, tête en haut ! S'en est suivie une manipulation manuelle fort désagréable pour essayer de la replacer correctement. Cela a bien fonctionné. Dans le cas contraire, c'était césarienne d'office pour éviter un accouchement en siège.

Tout ça était visiblement lié à la place qu'elle avait, malgré son poids, comme quoi...

Que notre petite Lucie nous fasse cette petite frayeur, ce ne serait pas cool pour nous mais aussi et surtout pour elle. En effet, à ce terme et vu la taille, le bébé n'est pas très à l'aise dans cette position (la tête se retrouve au niveau de nos côtes).

Mais bon, à chaque écho, à chaque contrôle, tout semble en place. Alors, je lui fais confiance, on se fait confiance et puis, après tout, cela ne serait pas si dramatique en soit. On ne peut pas interdire à un bébé in utero de bouger ! Comme on dit, c'est signe de bonne santé et de vitalité alors...

D'ailleurs à ce sujet, c'est en juillet qu'elle nous a fait notre plus grosse frayeur. Comme quoi, moi qui pensais être à l'abri de ce stress par rapport à ma première grossesse... Et bien non ! Ayant l'habitude de la sentir bouger très régulièrement, ce jour-là, rien, même en la stimulant. Je m'inquiète et appelle ma sage-femme qui me dit que, si je suis inquiète, si j'ai un doute, il faut aller aux urgences. Ce que je fais, seule. Il faut bien quelqu'un pour s'occuper de Léa. Arrivée aux urgences, j'attends. Les urgences sont débordées. On m'installe enfin, me met les capteurs et on me demande d'appuyer sur un bouton quand je la sens. Je la sens un peu, c'est vrai, mais c'est très léger. Par mesure de précaution et pour suivre le protocole, on me fait une échographie. Je dois attendre encore un peu avant ça. Plus de deux heures d'attente, assise. Bref, on m'installe enfin. C'est bon, le cœur est bien là mais ma nénette s'est sûrement endormie (Et oui, attendre 3 heures assise, il n'y a pas qu'elle qui se soit endormie !!). Mais pour le coup, l'interne veut vérifier qu'elle bouge bien alors il me la stimule un peu beaucoup en me « malaxant » le ventre, quelque chose de fou ! Enfin me voilà rassurée. J'ai perdu une grosse après-midi aux urgences, d'autant que, toujours pour suivre un protocole, il me faut revenir dans les 48 heures pour vérifier de nouveau son cœur...

On a l'impression de culpabiliser sur le coup (on s'est affolé pour rien). La prochaine fois, on attendra un peu plus avant de paniquer bêtement et de faire perdre son temps au personnel des urgences...

Malgré cette petite frayeur, je vis une grossesse vraiment épanouissante. Je suis plus sereine que pour Léa, c'est clair. J'ai fait déjà un gros travail sur moi lors de la préparation pour Léa. Je suis aussi plus mûre dans ma tête. Bien sûr, il y a cinq ans de plus mais c'est aussi d'une façon générale. La petite entreprise d'Emmanuel va mieux. L'avenir est plus rose.

Je ne peux pas dire que ma première grossesse fût merveilleuse à ce niveau-là. A ce niveau-là seulement...

Du coup, n'ayant plus ces soucis-là, j'ai doublement apprécié ma seconde grossesse, étant maintenant épanouie dans mon métier.

Avec cette envie également de travailler jusqu'au bout.

Puis au fil du temps j'ai réfléchi. J'ai eu Léa. J'ai adoré être enceinte, accoucher, allaiter, m'occuper de mon bébé. Alors je me suis dit : pourquoi pas un deuxième ? Je voyais bien notre famille avec deux enfants (bon, de préférence encore une fille !). Et puis c'est vrai que je me souviens de moi petite dire à ma maman très souvent : « Maman, je m'ennuie ». Être deux enfants a l'avantage de jouer ensemble, même si, ces deux mêmes enfants peuvent aussi se chamailler très souvent !... Il est vrai qu'être seule avec ma mère, être fille unique a fait de moi un enfant un peu « exclusif » avec elle. Mais est-ce le fait d'avoir été fille unique ou élevée par ma maman seule ? Ça, c'est un autre débat !

En tout cas, je me disais également que cela pouvait être une belle revanche sur la vie. Moi qui ai été élevée par ma maman uniquement, qui suis fille unique, et bien, je suis maintenant en couple (solide) avec bientôt deux enfants ! C'est beau, ça ?!

Je me souviens quand parfois je me lamentais auprès de ma maman que je n'avais pas de famille... Ma mère me répondait systématiquement : « Ma chérie, je sais mais c'est comme ça. Ta famille, c'est toi qui vas la créer » Et bien voilà maman, de là-haut, je sais que tu me vois et tu peux être fière de moi car oui, je l'ai bien créé ma famille ; un homme merveilleux, une fille très épanouie, et une deuxième princesse à venir, et des amis supers...Que demander de plus ?!

Et là, tout s'effondre.

En une seconde, d'un coup, tout est fini. La fin de cette belle aventure, de cet aboutissement qu'on touchait du doigt.

Et tout s'effondre, oui, quand on entend ; « je suis désolée, il n'y a plus de rythme cardiaque chez votre bébé ». Oui, en une seconde, tout est fini.

Les premiers mots que j'arrive à prononcer c'est : « ce n'est pas possible, comment ça a pu arriver ? » J'imagine que ce sont les premiers mots qu'entendent tous les médecins, souvent, en pareil cas. Je me souviens d'une personne très humaine, sensible et douce et qui me répond : « Je ne peux malheureusement répondre à votre question ».

Elle nous explique ce qui va se passer. Elle nous laisse seuls un moment dans la chambre. Elle reviendra plus tard pour nous expliquer « les procédures ». Il faut, bien sûr, envisager un déclenchement pour l'accouchement mais aussi envisager « l'après » (que faire du corps ?...)

Une fois tous les deux, on essaie de reprendre nos esprits mais on est comme dans du coton, tous les deux. On pleure. On ne sait pas trop en réalité...

La gynécologue revient. Elle nous explique comment ça va se passer maintenant. Nous sommes mercredi. Jeudi soir, je prendrai des cachets pour déclencher les contractions. On me mettra des bâtonnets pour dilater le col et vendredi matin, perfusion et accouchement dans la journée. Bien évidemment, pas de possibilité de savoir avec précision la durée de cet accouchement si particulier, mais les choses et produits sont faits pour que l'accouchement se passe dans les délais les plus courts possibles. Autre paramètre que j'évoque avec le médecin : mon problème de dos fait que les péridurales n'ont aucun effet sur moi. J'avais d'ailleurs accepté d'accoucher « naturellement » de Lucie en me disant que je serais prête à « enfanter dans la douleur » comme on dit, car je sais ensuite le bonheur que nous avons d'accueillir cette belle petite fille. Là, j'avoue que la perspective de souffrir « pour rien » me fait peur. Elle le note. Ils feront en sorte que cela se passe encore plus rapidement. Je leur fais confiance. De toutes les façons, je n'ai pas le choix...

Emmanuel est inquiet. Pour lui, ce n'est pas envisageable d'accoucher par voie basse. Accoucher d'un bébé mort... Le choc ! Elle nous explique qu'il est préférable d'accoucher par voie basse plutôt que par césarienne pour éviter tout risque d'infection lié à une ouverture, et psychologiquement il est souhaitable que l'accouchement se fasse le plus « naturellement » possible. Pour moi, je ne suis pas surprise. Je pense que j'avais dû le lire ou le voir une fois à la télévision. Jamais je n'aurais imaginé le vivre un jour...

Elle nous parle ensuite de « l'après », l'autopsie (souhaitable, même si dans 20 % des cas aucune cause de mort in utero n'est trouvée), et du devenir de son petit corps. Incinération, enterrement ... ? Tout ça est tellement soudain. Nous étions à mille lieux de penser à ça ce matin encore. On pensait layettes, poussettes ... et il nous faut penser cercueil, enterrement ...

Alors, prendre une décision comme ça maintenant... De plus (et malheureusement il faut en parler même si c'est dur), cela a un coût. C'est très cher d'enterrer quelqu'un, même un bébé.

Heureusement l'hôpital a une convention avec un cimetière de Tours. Si nous le souhaitons, elle sera enterrée dans un caveau provisoire pendant six mois maximum en attendant de s'organiser et de savoir ce que nous comptons faire. Si nous ne réclamons pas le corps dans les délais, il sera mis dans le jardin du souvenir de ce cimetière. Bon, on pourra y réfléchir plus tard...

Mon premier réflexe, après le départ de la gynécologue : appeler Magali, ma sage-femme. Bien sûr, et malheureusement, elle avait pensé à tout ça. C'est d'ailleurs pour cette raison qu'elle avait appelé les urgences pour prévenir de mon arrivée et l'éventualité d'avoir à « faire face » à une mort in utero. On pleure au téléphone. Elle me dit qu'elle sera présente du mieux qu'elle peut et la connaissant je n'en doute pas. C'est à nous de voir.

Et je lui dis que j'aimerais vraiment beaucoup qu'elle soit là avec nous vendredi. Elle travaille, ce n'est pas facile mais me promet de s'arranger, et de me dire quelque chose qui me fait un bien fou à ce moment-là : « je viendrai en amie et non en ma qualité de sage-femme ». A ce moment-là, on se sent tellement seuls tous les deux que cela ne peut que nous faire du bien.

Assez rapidement, on pense à Léa (enfin réellement, on y a pensé à l'annonce en se disant « mais comment va-t-on lui annoncer à elle, du haut de ses 5 ans ? »)...

Il n'est pas loin de onze heures, je pense. Elle est à l'école jusqu'à 11h40. Il faut prévenir notre voisine et amie qui a sa fille dans la même classe de grande section. Il faudrait qu'elle aille la chercher. Je l'appelle.

« Je suis à l'hôpital.

- Ah ça y' est ?! »

Je fonds en larmes. Elle comprend qu'il se passe quelque chose de pas normal. On pleure. Je lui explique mais il faut tenir pour Léa. Promis, elle ne dira rien aux filles. Léa passera l'après-midi chez sa copine. Elle sera contente.

Et puis, on reste là, de nouveau seuls. A vrai dire, on est un peu anesthésiés par toutes ces annonces.

La sage-femme vient me faire une prise de sang pour vérifier certains taux pour le déclenchement et l'accouchement. On m'emmène un plateau repas. Je n'ai pas trop faim mais il faut manger. Plus pour nourrir Lucie, non malheureusement cela ne sert plus à rien, mais peut-être pour prendre des forces pour essayer d'affronter l'inacceptable.

Emmanuel descend pour fumer un peu et acheter un sandwich.

Une psychologue doit passer nous voir dans l'après-midi. Nous n'avons qu'une seule idée en tête : Léa, et comment lui annoncer ? J'espère qu'elle va nous donner des pistes. Je suis tellement désœuvrée et surtout j'ai tellement peur de mal faire.

Entre temps, je reçois un appel sur mon portable de mon père. Il a eu de gros problèmes de cœur récemment. On vient de lui poser un pacemaker. Il a 80 ans. Je ne l'ai pas souvent au téléphone car nos relations ne sont pas très simples. Il m'appelle sûrement pour me donner des nouvelles, bonnes j'espère...

« Allo, ma chérie, ça va ?

- Et bien non, je suis à l'hôpital et nous venons d'apprendre que la petite est décédée dans mon ventre »

Là, blanc au téléphone puis :

- « Oh » (je crois qu'il ne pouvait dire que ça... !) On le sent choqué, ému, triste pour moi.

Je lui dis qu'elle s'appelle Lucie, Odette, Marie (ce dernier étant le prénom de ma grand-mère paternelle, sa maman à lui donc !). Il est touché mais surtout me dit que Lucie veut dire lumière. C'est à la fois triste et beau car maintenant elle a rejoint la lumière. La conversation est courte mais il est très affecté.

D'ailleurs, après avoir appelé ma voisine pour Léa, j'ai appelé une amie aussi. Je ne saurais pas dire pourquoi sur le coup. Pas forcément envie de parler parce que plutôt une envie de rentrer dans une bulle mais...Je ne sais pas trop, je n'arrive pas à l'expliquer. C'est une amie que j'appelais souvent en temps normal alors là, c'est peut-être un réflexe !

Bref, cette amie savait que Bébé Chat n'allait pas très bien. Du coup, quand j'appelle et qu'elle me pose la question que l'on pose par réflexe : « ça va ? », j'ai des sanglots dans ma voix et je sens bien qu'elle pense que je vais lui annoncer le décès de Bébé chat. Et là, le choc ! Non, ce n'est pas Bébé Chat mais mon bébé à moi, celui que j'ai dans mon ventre. Mais comment est-ce possible ? Oui, Comment ?... On n'en sait rien. A elle aussi, je lui dis que c'est une petite Lucie et elle aussi me parle de la lumière... Décidément, pourquoi a-t-on choisi ce prénom ? C'est moi d'ailleurs qui l'ai trouvé et ai insisté en plus...

Nous mangeons un peu et la psychologue arrive dans la chambre. Elle se présente, nous dit qu'elle est désolée... Je crois qu'on a la même question qui nous brûle les lèvres avec Emmanuel, c'est :

« Comment annoncer ça à Léa ? ». Sa réponse fut brève :

« Vous le ferez comme vous le sentez ».

Bon, on ne peut pas dire que cela nous aide vraiment ! Je ne sais pas, peut-être pas le moment approprié mais je suis mal à l'aise, je ne la sens pas. Elle m'agace même plutôt qu'autre chose ! Emmanuel est plus nuancé que moi : « non, elle nous a donné quelques pistes quand même ». Oui...peut-être...l'avenir nous le dira mais il a certainement raison. En tout cas elle se tient à notre disposition si on a le moindre besoin. Elle part en vacances mais nous parle de sa collègue qui, en principe, est la « référente » dans ce genre de cas.

Vers 17 heures, on nous laisse sortir. Rendez-vous pris le lendemain soir, jeudi où je dois rentrer à la maternité pour me mettre des petits bâtonnets afin de dilater le col. Puis je reste la nuit là-bas et déclenchement de l'accouchement le vendredi matin.

Pour dire vrai, sur le trajet nous sommes pensifs, dans un état second. On stresse encore et encore en pensant à Léa.

En arrivant en voiture, on se dit qu'on va rentrer à la maison dans un premier temps pour « souffler » un peu et remettre de l'ordre dans nos esprits (enfin essayer) et s'entendre sur comment le lui annoncer. Les amis chez qui elle est habitent juste en face de chez nous mais on ne se sent pas d'y aller direct comme ça...

Elle va certainement être très excitée et heureuse d'avoir passé cet après-midi avec sa super copine, il va falloir y aller en douceur. Ce moment arrive. C'est Emmanuel qui va la chercher. En attendant, je fais un méga câlin à Bébé Chat pour essayer de me donner du courage. Emmanuel, lui, ne s'attarde pas. La voisine le comprend. Léa arrive, bien sûr, tout excitée. Elle nous explique ce qu'elles ont fait, que c'était super etc... On en parle quelques minutes puis très vite, on lui dit de venir s'asseoir sur maman car on a quelque chose à lui dire. Elle est face à papa car c'est lui qui commence à parler.

« Voilà, quelque chose de grave s'est passé et Lucie est partie au ciel ». Et là, elle se met à pleurer comme jamais je l'ai vue pleurer. Ce sont des pleurs de douleur, différents de quand elle se fait mal par exemple. Non, là, c'est de la souffrance. Et ça fait mal de l'entendre. Manu a les yeux tout mouillés aussi, il pleure. Moi, curieusement, je ne pleure pas. Mais qu'est-ce que j'ai mal à l'intérieur. D'un coup, on m'arrache le cœur une seconde fois. Et, très vite, les questions :

« Mais non, elle est là ? » (elle touche mon ventre plusieurs fois)

« Oui, elle est encore là, ma chérie, mais son petit cœur ne bat plus et c'est pour cela qu'on doit la sortir de mon ventre pour qu'elle puisse aller au ciel ».

Alors, bien sûr que c'est confus tout ça pour un enfant de 5 ans. Elle n'est pas au ciel puisqu'elle est là dans ton ventre... ! Le mot « mort » pour nous ne nous semble pas trop adapté pour elle mais je pense que vu sa réaction, elle a bien conscience que, quel que soit le mot employé, sa petite sœur est bien morte et elle ne la verra jamais. D'ailleurs ensuite, toujours en pleurant elle nous dit : « Alors, je n'aurais plus de petite sœur, jamais ? Je ne pourrais jamais jouer avec elle ? »

On a tenté : « Non, en effet, tu ne joueras jamais avec elle, mais tu as une petite sœur qui a vécu dans le ventre de ta maman uniquement ». Pas facile là encore, mais on voulait lui dire, peut être maladroitement, qu'elle ne parte pas avec l'idée qu'elle n'a pas de petite sœur. C'est vrai que c'est peut-être un peu tôt pour tout ça. C'est pour cela qu'on n'insiste pas trop. On essaie juste de la consoler, ce qui n'est pas facile, quand vous êtes vous-mêmes dans la même souffrance.

Le plus dur reste à venir. Il faut aller dans la chambre de Léa, pour la mettre en pyjama notamment. La semaine d'avant, nous avions installé et monté le lit de Lucie, sa table à langer... dans la chambre de Léa. Les deux sœurs allaient partager la même chambre au moins la première année. Cela nous aura aussi laissé le temps d'emménager les combles (Nous avions d'ailleurs acheté l'isolant que nous avions stocké en attendant de débuter les travaux, après la naissance).

Je sens Léa qui regarde avec insistance ce petit lit (qui avait été aussi celui d'Emmanuel et de Léa également d'ailleurs...) et elle nous dit : « Alors Lucie ne dormira jamais dans ce lit ? », « Et non, mon cœur ». Et puis, elle, Léa, doit y dormir dans cette chambre (au moins ce soir) car nous n'avons vraiment pas le courage de tout déménager ce soir. Cela nous fend le cœur...

On mange, et puis elle s'endort quand même assez vite dans sa chambre, dans son propre lit. Nous, c'est différent. On pleure, beaucoup, ensemble.

On se pose mille et une questions, encore, par rapport à Léa. Doit-elle aller à l'école demain ? Magali, que j'avais eue au téléphone, m'a dit de lui donner le choix. C'est vrai qu'il serait préférable qu'elle y aille. Tout d'abord, nous avons des choses à faire, pas trop agréables. Et puis, se retrouver tous les deux, c'est ce dont on a envie. Il faut, aussi, que sa vie soit la plus « normal » possible et ce, dès le début. Cela lui fera du bien d'être avec ses copains et copines. On a peur aussi. Peur de l'accouchement, de la séparation de jeudi soir. Nous avons décidé à ce sujet (et nous en avons parlé à Léa) qu'ils m'accompagneraient à la maternité jeudi soir mais sans monter dans la chambre. Le vendredi matin, Emmanuel accompagnerait Léa à l'école et viendrait ensuite pour le déclenchement.

La nuit pour nous tous fut difficile et longue.

Pas de cauchemars pour Léa cette nuit-là. Je crois qu'elle a dormi d'une traite, comme anesthésiée certainement. Comme nous à l'annonce...

Le lendemain, on se lève et je la prépare pour l'école. Tous les gestes me sont pénibles, j'ai l'impression que mes bras, mes jambes, ma tête pèsent une tonne. Je pense à ma puce, mon bébé, morte en moi, me l'imagine sans vie. Et je regarde Léa, je me dis « comment faire ?!! ». Et puis je fais face, je n'ai pas le choix. Léa est là devant moi, elle est belle, elle est ma chair aussi. Je ne peux pas flancher.

C'est Emmanuel qui l'emmènera. Ce sera malheureusement Emmanuel qui devra « affronter » tout ça, les questions peut-être, les regards sûrement... Enfin le monde. Mais, je ne peux vraiment pas y aller. Et pourtant, j'essaie de me conditionner, comme j'essaie avec Léa mais là, c'est au-dessus de mes forces. Je crois que le plus dur est de sortir (autrement que quand j'y serai obligée pour la maternité par exemple) avec ma Lucie, morte, à l'intérieur de moi. Ce petit corps inerte dans mon ventre. Et si je croisais des gens qui me disaient ; « c'est pour quand ? » - « Jamais » ou plutôt si, demain, mais elle n'est déjà plus là, juste son petit corps sans vie.

Il se fait violence, mon chéri. Je le vois, je le sens mais il y va. Il fait ça pour moi, c'est beau, c'est fort !

Il revient de l'école et me raconte. Je lui avais dit d'en parler à la maîtresse, mais pour cela il faudrait lui demander d'aller dans son bureau. Elle est aussi directrice de l'école. Ce sera plus confidentiel, plus pratique. En effet, le matin, en maternelle, les parents emmènent les enfants en classe et les enseignants sont souvent sollicités. Ce n'était pas facile ce matin-là, me dit-il. Beaucoup de parents sont arrivés en même temps et ce matin-là, elle a un malade dans la classe et son atsem est occupée dans une autre classe ! Bon, elle voit dans les yeux d'Emmanuel le côté « sérieux et grave » de la demande. Alors les voilà sur le chemin du bureau. Sur le court chemin, elle tente de lui demander si c'était par rapport à moi. « Il y a un problème avec le bébé », lui dit-il. Là, enfin, ils arrivent dans le bureau. Il lâche « le bébé est mort in utéro ». Il ne peut dire que ça et il étouffe un sanglot. Il voit les larmes dans les yeux de Nathalie, la directrice. C'est une maîtresse et femme que j'apprécie beaucoup (de par mon métier, nous sommes amenées à nous « fréquenter » lors de réunions, pots etc..). Elle est douce et généreuse. Les enfants l'adorent.

Il a dû aussi croiser des regards, notamment une amie dont la fille est amie avec Léa depuis la crèche ! Et là, comme tous les matins, elle le croise : « ça va ? » « Non, mais je t'expliquerai ». Rien d'autre ne pouvait sortir de lui et ...Qu'est-ce que je le comprends...

J'avais dit à Emmanuel de dire à Nathalie que je l'appellerais...L'ai-je fait ? J'avoue que j'ai un gros trou noir. Si je l'ai fait, j'ai dû tomber sur une collègue atsem mais la conversation a dû être très rapide car, l'une comme l'autre, on n'a pas su quoi se dire...

Il faut maintenant continuer la journée.

Étape importante : il faut prévenir mes beaux-parents. Emmanuel a quelques difficultés de relations avec sa maman parfois. Il s'entend bien avec son papa. Cela a toujours été un peu difficile, comme par exemple, avec le choix du travail de Manu que ses parents ont eu du mal à accepter. Ceci dit, ils restent ses parents et il les aime. On doute un peu de ce qu'on pourra attendre moralement d'eux et on appréhende en fait de leur annoncer. On décide d'attendre l'après-midi. Son père est chasseur et le jeudi matin, c'est chasse !

Pour le coup, Emmanuel préfère (et je le comprends) avoir les deux au bout du fil. On ne sait pas comment ils vont réagir... C'est déjà difficile d'annoncer que notre bébé est décédé...

On s'installe tous les deux sur le canapé. Bébé Chat (et oui, elle est toujours là) avec nous.

Le téléphone sonne. C'est sa mère qui décroche :

« Papa est avec toi ?

- Oui - (ouf...)

- Mets le haut-parleur s'il te plaît.

- Pourquoi ?

- Notre bébé est mort dans le ventre de Julie...

- Quoi ? Mais comment est-ce possible ? »

On leur raconte ce qu'on sait (en fait pas grand-chose), et assez rapidement ce que dit ma belle-mère me sidère : « Oh, il faut en refaire un très vite, ne pas attendre… » Peut-être que cela part d'un bon sentiment, un truc pour essayer d'atténuer notre peine (ou la leur ?!!) mais bon, ça fout un coup quand même... Merde, on ne parle pas de petits chats là... Mais de notre bébé, notre petite fille. Cela me choque. Je l'ai encore dans mon ventre, certes sans vie, mais c'est lui manquer de respect ; une simple chose qui ne fonctionne plus alors on va en acheter une autre au magasin... Encore une fois, je ne leur jette pas la pierre, c'est leur façon de réagir mais c'est vachement dur à encaisser à ce moment précis.

Ensuite, elle envisage toutes les hypothèses pour tenter de connaître les causes : elle parle beaucoup de moi (ben oui c'est moi qui la porte !), de mon travail, des médicaments que je prenais avant que je n'apprenne que j'attendais Lucie, et j'en passe... Alors, comment ne pas culpabiliser (alors que c'est déjà le cas) après tout ça ! Pas possible !

Avant de leur expliquer le déroulement du lendemain et l'accouchement, on leur dévoile le nom de leur petite fille : Lucie, Odette, Marie. Mais je crois qu'ils sont sous le choc alors il n'y a pas trop de réactions...

On leur explique donc pour l'accouchement. Nous préférons rester seuls (je pense que si on leur avait demandé, ils seraient venus). Nous préférons les appeler, nous, quand l'accouchement aura eu lieu. Et de leur dire qu'il peut durer puisque nous allons me le provoquer.

Fin de l'appel. Je confirme : nous n'aurons, en tout cas pour l'instant, aucune aide morale, j'entends, de ce côté-là. C'est le sentiment que nous avons.

-Une autre étape très difficile aussi : préparer mes affaires pour la maternité. Mes deux sacs étaient prêts : le mien et celui de Lucie. Tout le trousseau demandé : les bodies, les pyjamas, les couches, le doudou etc. Et pour moi, j'avais mis une chemise de nuit d'allaitement, des soutiens gorges d'allaitement...

Que c'est douloureux de devoir vider le coté de Lucie. Ne garder qu'un pyjama (celui que papa avait choisi) et un doudou. J'ai tout mis dans un autre sac en vrac. On triera plus tard...

J'ai un petit sac maintenant tout ridicule. La journée se passe. Il est déjà l'heure d'aller chercher Léa. C'est Emmanuel qui s'y colle, le pauvre, toujours. Quand il revient, il me dit que la maîtresse a dû en parler en classe. La petite de la voisine chez qui elle était hier en a parlé aux copains (en disant que la petite sœur de Léa était « morte »). Alors, comme la notion, le mot lui-même de mort n'est pas évident à cet âge, elle a préféré en parler à la classe entière. Elle a dit (en demandant l'accord de Léa), qu'en effet, la petite sœur de Léa était morte dans le ventre de sa maman. Du coup, je reçois des sms le soir-même. Les enfants en ont parlé à leurs parents et ils souhaitent vérifier, j'imagine. Certains parents se sont appelés entre eux également. C'est touchant, surtout qu'on se rapproche du moment tant redouté mais attendu aussi : l'accouchement. Mais je stresse à l'idée de passer la nuit seule, à la maternité.

Petite anecdote au passage qui pourrait faire sourire plus tard mais qui ne fait que renforcer mon stress : ma belle-mère nous appelle pour nous prévenir d'une possible infection liée au bébé resté trop longtemps sans vie dans mon ventre (informations qu'elle a lues sur Internet) ...

Voilà, il est l'heure de partir. L'ambiance dans la voiture est pesante. Léa nous accompagne aussi donc. On ne parle pas beaucoup. Heureusement, Léa a mangé avant et donc elle s'endort dans la voiture, de par la digestion sans doute, et il fait déjà nuit...

Arrivée à la maternité. On nous a dit de passer par les urgences. Nous avions convenu qu'ils ne m'accompagneraient pas jusque dans la chambre (par rapport à Léa surtout). Le bisou se fait donc à l'entrée des urgences dans la voiture. Il fait froid, ce 14 novembre. Je réveille Léa. Que c'est dur ; elle se réveille, un peu « stone », elle reste dans la voiture. Je lui fais un gros bisou. Qu'est-ce qu'il est difficile ce gros bisou, rempli de nombreux sentiments bizarres. Et si c'était le dernier ? Je rentre à la maternité, à l'hôpital, toute seule. Et s'il m'arrivait quelque chose pendant l'accouchement ? Si je mourrais aussi ? C'est vrai, on ne sait jamais. Léa perdrait sa petite sœur et sa maman. Et Emmanuel ? Le bisou aussi est particulier. J'ai tellement peur de le laisser. Je lui ai déjà fait beaucoup de mal.

La voiture s'en va. Je rentre avec ma petite valise. « Bonsoir, je viens pour mon accouchement demain ; ma petite fille est décédée in utero ». J'ai des sanglots dans la voix. Très gentille, la personne m'accompagne dans le service « grossesse pathologique ». Je suis prise en charge par une sage-femme très douce, très gentille. Elle m'accompagne dans ma chambre. Et là, elle prend le temps de discuter avec moi. Elle me demande comment je me sens. Je lui parle de suite de Léa. Que faut-il faire ? Lui montrer des photos de sa sœur ? Oui ? Non ? Nous avions, Manu et moi, à l'annonce, l'impression que son grand regret était « qu'elle ne la verrait pas ». La sage-femme m'explique que, parfois, les bébés décédés in utero peuvent être bleus, un peu violacés, ce qui peut être traumatisant pour un enfant. Elle me dit, que dans ces cas-là, ils font des empreintes de pieds et mains, moins bouleversants mais qui permettent de « concrétiser » ce petit frère ou cette petite sœur trop tôt disparu. Elle me dit aussi, que si elle insiste, il y a aussi la possibilité de faire une photo en noir et blanc qui atténue et adoucit.

Ah oui, c'est une idée ça. Et bien sûr, elle me demande ce que je souhaite faire après l'accouchement. Voir Lucie ? La prendre ? Pour moi (et pour Emmanuel d'ailleurs), pas d'hésitation. Nous voulons la voir. Je souhaite même faire du peau à peau avec elle. Je l'ai fait pour Léa, je le ferai pour Lucie. C'est mon bébé aussi. Il faut que je sente sa peau contre la mienne. Alors, même si ses petits yeux seront fermés pour toujours, que son petit cœur ne bat déjà plus, ce n'est pas grave. Il faut que je lui fasse un gros câlin, l'accueillir, la regarder, la contempler, la sentir. Tout simplement la prendre dans mes bras, c'est tout ce qu'on m'autorise à faire alors je ne vais pas m'en priver...

Maintenant, il est vrai, qu'avec la discussion avec la sage-femme, j'ai un petit stress quant à son « aspect ». Sera-t-elle bleutée, abîmée ? Peut-être aurais-je du mal à la voir si c'est le cas ? Après tout, on ne sait pas. Je pense qu'on agit pas mal à l'instinct dans ces moments-là, mais vais-je prendre la bonne décision au moment approprié ?

Elle me parle du déroulement de la soirée (déjà bien entamée !). Quelqu'un viendra me poser des bâtonnets pour préparer mon col. En attendant, j'écoute un peu la radio pour essayer de passer le temps. J'appelle aussi mon chéri. Je lui relate la conversation que j'ai eue avec la sage-femme. Vers 23h30 enfin, un interne vient me chercher et m'emmène en fauteuil dans une salle. Il fait froid. Je m'allonge en position gynécologique. Il commence à me mettre les bâtonnets. Ça fait un peu mal. J'ai froid encore. Il est très gentil mais... je ne me sens vraiment pas bien. Il me ramène dans ma chambre, il faut rester allonger au moins une heure encore. Une sage-femme ou aide-soignante revient pour me proposer un petit cachet pour m'aider à dormir...Oui, je crois que je vais en avoir besoin !

J'arrive finalement à m'endormir.

Il est 9 heures ce vendredi 15 novembre. On arrive dans ma chambre pour vérifier mon col. Pas trop bougé, je me dis « ça commence mal ».

On me met la perfusion pour commencer le travail. Il est prévu qu'Emmanuel vienne après avoir emmené Léa à l'école. J'ai calculé, il devrait arriver pour 10 heures. De toutes les façons, on m'a prévenue : il n'est pas dit que l'accouchement se fasse dans la journée. Je suis habituée car pour Léa, l'accouchement (après déclenchement également) avait duré 17 heures !

Là, très vite, je commence à avoir mal. Manu arrive, je suis déjà dans les vapes ! Magali doit venir aussi vers 11h. Je la vois arriver après Manu mais là, je suis carrément dans la douleur. Les contractions sont très très douloureuses. Je n'ai donc pas de péridurale. On m'avait dit que le produit serait très fort pour me permettre d'accoucher le plus rapidement possible, vu les circonstances.... Mais p... qu'est-ce que ça fait mal !

Entre les contractions je somnole à moitié. J'entends Emmanuel et Magali discuter. Je ne comprends pas ce qu'ils disent mais le fait de les entendre me fait du bien, me rassure. J'ai vraiment mal. Une sage-femme arrive, elle regarde mon col : 3. Non c'est tout ?! Ce n'est pas possible, j'ai trop mal...ça va durer alors...

Heureusement aussi que Magali est là. Pour Emmanuel déjà. Cela lui permet d'avoir une épaule sur laquelle il peut compter et s'appuyer, de parler pour « passer le temps », de se changer les idées aussi. Contrairement à l'accouchement pour Léa où j'avais mal mais je pouvais lui parler (enfin je me souviens que c'était plus pour lui « râler » après !!), là la douleur est tellement forte que je ne peux pas discuter, ni même me plaindre. Je suis dans un monde ailleurs... Douleurs et contractions trop fortes et rapprochées.

Et heureusement qu'elle est là pour moi aussi. Non, je ne peux pas taper la discute, comme on aime le faire, c'est sûr. Mais je sais que, même si elle est venue en amie, elle reste ma sage-femme, humaine et professionnelle. D'ailleurs, après que la sage-femme du service soit venue contrôler mon col, j'ai eu une soudaine et très violente envie de pousser. Magali me dit « respire » « essaies de ne pas pousser ». Mais à ce moment je souffre tellement que j'ai l'impression que Lucie va sortir. J'ai peur, je ne contrôle plus rien du tout. Même pour Léa, je n'avais pas ressenti ça. C'est comme une forte, mais très forte, envie d'aller à la selle avec, en plus l'impression que tout se déchire en nous.

Là, elle sonne, me voyant ne plus faire face. Comme la sage-femme tarde à venir, Magali me dit « ne t'inquiètes pas, s'il y a besoin d'intervenir, j'ai mon matériel » ; ça rassure. Finalement la sage-femme arrive. Verdict : pas une minute à perdre. Mon col est ouvert complètement (et ce en l'espace de 10 minutes, il a dû passer de 3 à 10... d'où mes douleurs je pense). On m'installe vite sur un fauteuil. J'ai super mal entre les jambes. J'ai vraiment l'impression que Lucie est là, entre mes jambes. J'ai même du mal à m'asseoir.

Arrivée dans la salle, on me prend comme on peut pour m'installer sur la table. On me demande de me mettre en position gynécologique. Je ne peux même pas lever les jambes. Et puis je reconnais Marie Claude, c'est elle qui va m'accoucher. Elle me prend les jambes sans attendre et sans délicatesse (mais, vu l'urgence, c'était sûrement le seul moyen). Je vois Emmanuel arriver...Tiens, c'est vrai, je ne l'avais pas vu auparavant. Ceci dit, vu la précipitation des événements... !

Je crie...très fort. Moi qui n'aime pas crier comme ça, je ne peux pas m'en empêcher. Je crie ma douleur, ma douleur physique, mais aussi ma douleur morale je crois. Cela me permet de sortir aussi toute cette haine, cette colère en moi. Au final, je crois que cela me fait du bien. On me demande d'arrêter de pousser. Pas facile de contrôler, Lucie veut sortir...Enfin son corps veut sortir...

Après deux poussées et en dix minutes, Lucie arrive. Quelle émotion ! On l'emmène tout de suite. Nous restons un moment tous les deux en silence. Je suis crevée, Manu aussi. On est déboussolés, dans un autre monde, sur une autre planète.

Et puis, une sage-femme (celle qui m'avait accueillie la veille) vient nous voir.

« Voulez-vous la voir ? » Me demande-t-elle ? Mais avant, elle nous explique. « Nous avons trouvé un nœud sur son cordon, particulièrement long. Elle a dû, au tout début de la grossesse, faire une boucle avec en bougeant, puis malheureusement lors d'une galipette, la boucle s'est resserrée formant un nœud. Cela a coupé son oxygène et, un peu comme une crise cardiaque, son petit cœur s'est arrêté »

Alors c'était un accident !...Un p...d'accident. Je lui demande si elle est abîmée (vu la discussion de la veille) et elle me dit : « Non, elle est très belle ». Bien sûr que je veux la voir. Elle nous l'emmène toute nue (je lui avais parler de mon envie de faire du peau à peau avec elle) en couche !

Qu'est-ce qu'elle est belle ! On est bouleversés. Mais je ne serais dire si c'est un moment triste. C'est « juste particulier ». On ne pleure pas de joie, c'est sûr, mais ce sont des sentiments mélangés. La tristesse, le soulagement, le plaisir quand même de l'accueillir, de pouvoir profiter d'elle, d'une certaine façon, un moment.

On me la pose sur moi. Elle a de très beaux cheveux bruns. Je trouve qu'elle ressemble plus à Manu. Elle a mon nez par contre... Elle a de belles mains, de beaux petits pieds. Elle est parfaite ! Elle fait 2kgs920 et 50 cm. C'est un beau bébé. Mais pourquoi ce satané nœud de cordon !... On reste un moment avec elle. Magali arrive pour la découvrir, la rencontrer, l'accueillir aussi. Elle doit partir travailler également. Elle est quand même arrivée à 11h00 et est encore là (Lucie est née à 14h30). Je la vois les larmes aux yeux, c'est touchant et triste à la fois. Elle me dit que ce n'est pas des larmes de tristesse... Au fond c'est certainement comme nous... Après nous, c'est la seule personne qui « connaissait » autant Lucie (avec sa voix lors des séances de relaxation, de préparation). Mais cela me fait de la peine de la voir comme ça...

Très vite, je lui dis que c'est à cause de moi, ce nœud de cordon puisque c'est mon cordon.

« Non Julie », me dit-elle. Et d'insister que ce n'est pas moi qui fais le cordon mais bien le bébé qui crée son propre cordon...Bon, pour moi, pour le moment ce n'est pas très clair...On verra plus tard.

On essaie de profiter d'elle, j'essaie de me concentrer sur cette sensation si particulière de peau à peau. Je sais malheureusement que cela ne durera pas. Emmanuel la prend aussi. C'est tellement beau mais aussi tellement dur, dur de le voir aussi triste. Je souffre de le voir si mal aussi. Il ne se croyait pas capable de prendre des photos et puis finalement, il en fait plusieurs. Elle est tellement belle notre fille. On a fait du beau travail, me dit-il... on revient la prendre pour l'habiller cette fois. On nous la ramène avec le petit pyjama rose que nous avions choisi...On la berce, lui dit des mots doux, des mots d'amour. Il va falloir la laisser maintenant. On est vraiment dans une bulle. On avait et on a tellement d'amour pour elle. C'est dur de la laisser partir. On est quand même heureux de la voir si belle, de se dire qu'elle est vraiment un bébé de l'amour, fait dans l'amour.

Mais voilà, après quelques heures, on vient nous la reprendre. C'est dur. Entre temps, on a vérifié que j'expulsais bien le placenta. On m'a fait un petit point car toute petite déchirure mais « 3 fois rien » nous dit Marie-Claude. Vu ce que j'ai souffert, en effet, c'est peu !

Tout va bien pour moi, disons, le mieux que l'on puisse aller dans ces moments-là.

Toujours dans ma bulle mais déchirée à l'idée qu'on m'a enlevé ma fille, on me ramène dans ma chambre.

J'arrive dans ma chambre, Emmanuel est là bien sûr.

Il me raconte un peu, comment lui, de son coté, a vécu tout ça. Et son coup de stress au début. Quand la sage-femme est venue pour vérifier mon col une première fois et qu'il était ouvert de 3 seulement, Magali lui a proposé de descendre un peu se dégourdir un peu et manger un morceau...Ce qu'il a fait. Sauf que dix minutes après je suis passée à dilatation complète ! Et les choses se sont précipitées pour moi ! Magali l'a appelé sur son portable en urgence mais il était assez loin. Du coup, il est revenu en courant mais je n'étais plus dans la chambre... Il a paniqué... Et je peux l'imaginer... C'est pour cela que je ne l'ai pas vu tout de suite dans la salle d'accouchement.

Nous avons demandé à nos voisins de garder Léa pour la nuit. Nous ne savions pas combien de temps prendrait l'accouchement et Emmanuel ne se sentait pas de s'en occuper ce soir. Et puis, on a proposé à Léa de faire une soirée pyjama avec sa copine Océane...Elle n'a pas dit non !

Du coup, il reste avec moi tant qu'il peut. Je suis rassurée d'être avec lui, j'en ai besoin. Je me sens encore plus proche de lui. Peut-être parce que à cet instant, il est le seul à me comprendre, vu que nous traversons la même chose.

A la fin des visites, il s'en va et me laisse seule dans cette chambre. Le personnel est super avec moi. Mais je me sens « abandonnée » quand il s'en va. Un énorme sentiment de vide à l'intérieur et à l'extérieur de moi. On m'explique que demain, si je le souhaite, je pourrai aller voir Lucie à la chambre funéraire. Oui, je veux la voir ! C'est aussi très étrange cette sensation de se dire que nous sommes dans une maternité et que je vais aller voir mon bébé dans une chambre funéraire... N'est-ce pas paradoxal ? Quand ma maman est décédée à l'hôpital, je suis allée aussi la voir ensuite dans une chambre funéraire, mais là c'est une maternité, endroit où l'on donne la vie en général...

Le soir, je parle à Emmanuel de mon envie d'aller voir Lucie dans la chambre funéraire. Lui a peur d'aller la voir là-bas. Ne sachant pas comment elle sera, il a peur de garder « une mauvaise image de Lucie ». Dans la soirée, je suis fatiguée mais je ressens le besoin d'écrire. Je veux faire un texte en forme de témoignage qui annoncera à mes proches et amis (via les réseaux sociaux) le décès de notre deuxième fille, de la douleur que nous ressentons mais aussi, pour laisser une trace de son passage dans nos vies. Laisser une trace, mais aussi pouvoir annoncer une seule fois cette terrible épreuve que nous traversons. J'ai une idée précise de ce que je veux faire, créer une page Web...

Je commence à écrire, les mots me viennent de suite :

Notre petite Lucie, notre Lumière s'en est allée rejoindre les étoiles.

Lucie, tu auras vécu tes 9 premiers et derniers mois, bien nichée dans le ventre de ta maman.

Tu as été choyée, aimée, par ton papa, ta maman et ta grande sœur Léa.

Nous avons attendu ta naissance, nous étions prêts à t'accueillir. Ta grande sœur était impatiente de te faire découvrir ta maison, ton jardin, ta chambre...

Ta maman t'a mise au monde le 15 novembre 2013 à 14h30. Malgré tes yeux fermés, ton silence et ton petit corps sans vie, tu étais belle. Un beau bébé de 2kgs920 et 50 cm.

Nous t'avons serrée fort dans nos bras de longs moments, ton papa et ta maman pour t'accueillir et te dire qu'on t'aime.

Malheureusement la vie est parfois cruelle et injuste. Il a déjà fallu te dire adieu et te laisser partir vers les étoiles.

Repose en paix, petit Ange. Nous ne t'oublierons jamais.

Emmanuel, Julie et Léa.

Je l'écris donc assez rapidement ; les mots me viennent comme ça. Demain, je le montrerai à Manu. On doit le faire ensemble.

Je suis fatiguée et surtout vidée. Je m'endors finalement assez rapidement. Avec l'idée que demain, je verrai ma poupette.

Je me réveille tôt le lendemain matin. On me propose de prendre une douche. Je me sens bizarre. J'ai mon retour de couche. J'ai de grosses protections car de gros saignements mais voilà, je n'ai pas mon bébé... J'ai vraiment du mal à me lever, me laver, m'habiller... Mais dès que je suis prête, je n'ai qu'une idée en tête : aller voir Lucie dans la chambre funéraire. Alors, j'attends que l'on vienne me chercher. Une sage-femme arrive. Je lui en parle. Elle me dit qu'elle se renseigne pour savoir où se trouve Lucie. Encore à l'hôpital ? Dans la chambre funéraire de l'hôpital ? Il faut la préparer aussi...

Une personne arrive au bout d'un moment. Edwige, adorable, douce et gentille, avec une collègue. Elle me dit qu'elle vient m'accompagner. J'ai un peu de mal à marcher, je m'en aperçois, et surtout ce n'est pas tout près. Alors, elles m'apportent un fauteuil roulant. Cela me fait tout bizarre...Pourquoi ? Je n'en sais rien en fait ! Je suis angoissée tout d'un coup. Je réalise peut-être que je ne vais pas voir mon bébé vivant, non ! Juste son petit corps sans vie. Comment va-t-elle être ?

Edwige est douce, on parle un peu sur le trajet. J'apprendrai par la suite que, ne connaissant pas mon histoire, mon dossier, elle aussi stressait un peu à ce moment-là. Nous arrivons dans le bâtiment des chambres funéraires. Elle me fait attendre à l'extérieur de la chambre. Elle entre seule, probablement afin de la préparer ou voir si tout est OK. Elle revient et m'ouvre la porte et là, je rentre... Ouh là là, l'émotion me gagne, me prend à la gorge, j'ai envie de pleurer... Je pleure d'ailleurs. Et là, je la vois, là dans un petit couffin (comme pour tous les bébés, les autres, vivants, à la maternité). Elle est couverte d'une belle couverture blanche qui ressemble à de la soie. Elle a toujours son beau petit pyjama qu'Emmanuel et moi avions choisi. Je n'ose même plus la toucher alors que la veille, je l'avais en peau à peau. Je lui caresse la joue, elle est toute froide, gelée même (dû à l'endroit bien sûr). Je me rappelle à cet instant que j'avais fait la même chose au funérarium avec ma maman lors de son enterrement. Là, je sors mon portable pour prendre une photo. Non pas que j'en ai envie, je me trouve même un peu gênée. Mais, Emmanuel hésite à y aller car il a peur de ce qu'il va voir. Je me retourne alors d'ailleurs vers Edwige qui est restée dans la chambre en retrait, pour lui expliquer.

Petit à petit, je me « familiarise » avec ce petit corps dans ce couffin. Ma fille, Lucie. Je demande si je peux la prendre. On m'installe confortablement sur la chaise. On met une alèse sur moi, avant de poser délicatement Lucie sur moi. Là, elle me laisse seule avec ma fille. Je suis triste, elle est si belle. Elle a un petit œil et une de ses joues un peu abîmés mais le froid atténue ces marques. Mais sinon qu'elle est belle ! De belles mains, de beaux cheveux bruns, un beau petit nez avec « la marque de fabrique » de mon côté ! Je lui dis des mots d'amour, lui explique que j'aurais tant voulu plus la protéger de ce stupide nœud de cordon. Que j'espère qu'elle ne m'en veut pas, que je l'aime plus que tout au monde. Et surtout, je lui dis qu'elle nous manquera tout le temps.

Et puis Edwige entre dans la pièce. Il faut la laisser. Je la repose dans son berceau. Voilà. On sort de la pièce. J'ai peur que ce soit la dernière fois en fait. Je repars dans ma chambre toute chamboulée. L'après-midi, Emmanuel doit venir. Je l'attends avec impatience. Quand il arrive, je suis rassurée. Je lui montre les photos. Il est presque soulagé car il ne s'attendait pas à la voir comme ça et avait plus une vision assez « cartésienne » de la mort. Il me dit finalement qu'il n'aura pas d'appréhension de la voir comme ça et il en a même très envie maintenant. Sachant que ce sera la dernière fois, pour lui aussi...

Il est trop tard pour la voir aujourd'hui. Je sors demain. Probablement demain ou lundi. Quand mon Manu s'en va, j'angoisse de nouveau à me retrouver seule dans cette chambre. Mais je me dis que lui aussi se retrouve seul, mais avec le chat quand même ! J'ai la musique sur mon portable. J'en écoute un peu et je m'endors ... seule.

Demain, dimanche, je dois sortir. Emmanuel doit venir me chercher avec Léa. J'ai peur de voir Léa, plutôt qu'elle me voit. Sans mon gros ventre, à la maternité, sans bébé, fatiguée...

Après manger, ils arrivent. Je suis assise sur le lit. Léa m'embrasse, elle regarde et touche tout de suite mon ventre, sans parler. On ne se parle pas, on se regarde, ça suffit. On se comprend je crois.

On reste un moment dans la chambre. Il faut attendre la visite d'une sage-femme pour les prescriptions, les ordonnances. Elle arrive, me prescrit, entre autres, une autre pilule, du doliprane. Elle me parle de mon congé maternité et je lui demande si j'ai bien le droit à ce congé, vu que je n'ai pas de bébé. Et là, elle me dit quelque chose qui va beaucoup m'aider par la suite : « Mais bien sûr que vous y avez droit ! Vous avez accouché, vous êtes une deuxième fois maman et à ce titre, vous avez le droit à ce congé maternité ».

Pour le moment, tout ça n'est pas trop clair...Mais on verra plus tard...

Dans la voiture, il n'y a pas beaucoup d'échanges, beaucoup de silences surtout. Léa s'est endormie. C'est épuisant tout ça pour elle toute cette situation.

Nous arrivons. Je sors de la voiture. Léa dort toujours. Avant de la réveiller, nous entrons tous les deux dans la maison. Le chat est là pour nous accueillir. Emmanuel va réveiller Léa, et moi je me retrouve seule avec le chat que je prends dans les bras. Je m'assois, et là, la tristesse m'envahit et je fonds en larmes. Heureusement que je suis toute seule au final. Je m'entends dire à mon chat que j'ai depuis quinze ans : « J'aurais tant aimé que ce soit toi qui partes et pas Lucie... Désolée de te dire ça mais ce serait tellement plus « logique » en fin de compte, dans l'ordre des choses ».

Nous avions prévu de l'euthanasier la veille tellement elle était mal. Et là, me voilà avec elle dans les bras mais sans ma petite fille.

Emmanuel et Léa arrivent. Je sèche mes larmes. Manu n'est pas dupe, il a le même sentiment après tout. Mais Léa ne le voit pas...Ouf !

La première nuit à la maison est difficile. Elle aurait pu être difficile par des pleurs de bébé (peut-être ?!...) mais ce n'est pas ça, malheureusement. Nous pleurons beaucoup avec Emmanuel. J'ai aussi mal pour Léa. Sa chambre est encore aménagée avec le lit de Lucie, la table à langer...Cela ne doit pas être facile pour elle non plus. On dit que les enfants sont très forts, n'ont pas la même notion de la mort que nous, mais quand même...

Le lendemain, Emmanuel emmène Léa à l'école. Puis, il faut vider mon sac de la maternité et nous décidons de ranger les vêtements de Lucie, de les enlever des tiroirs. On prend un grand carton et on range... On range aussi les petites bricoles que nous avions achetées pour elle (une petite brosse, un petit peigne, un thermomètre etc.). Je crois que nous faisons tout ça « mécaniquement », sans trop penser. Nous prenons une boite à chaussures ; nous y rangeons son doudou, les empreintes de ses pieds, son petit bracelet.

Les choses plus grosses que nous avions achetées (tapis d'éveil...), hop, au-dessus de l'armoire. Doit-on les vendre ? Oui ou non ? On verra plus tard...

Oui, on verra plus tard. Un long chemin nous attend, j'en suis déjà convaincue. Pour le moment, nous sommes dans une bulle, pas envie d'en sortir, pas possible d'en sortir même. C'est tellement irréel que sortir de notre bulle nous confronterait à une réalité à laquelle nous ne pouvons pas faire face aujourd'hui.

Lors de ce long chemin, nous allons traverser plusieurs étapes avec plusieurs sentiments différents. Je crois qu'en tout premier vient le côté irréel. Je me souviens d'ailleurs que, dès l'annonce, mes premières paroles sont « non, ce n'est pas possible ». C'est tellement aberrant. Comment un petit bébé, visiblement en pleine forme, peut, du jour au lendemain mourir ! Un bébé en plus ! Ce n'est pas dans l'ordre des choses. Elle n'a même pas eu le bonheur de connaître le soleil, le ciel, les oiseaux...toutes ces petites choses de la vie...autrement qu'à travers moi !

Et puis ensuite, et très vite, apparaît un sentiment un peu lié, celui de l'incompréhension. Oui, pourquoi ? Comment est-ce possible ? Là encore, c'est ce que j'ai dit à l'annonce ; « Ce n'est pas possible. Comment est-ce possible ? Pourquoi ? »

L'annonce tombe comme un couperet, et ni la pauvre gynécologue ni le médecin n'ont d'explications à nous donner alors qu'on voudrait tout savoir, tout de suite. On pense que cela nous aiderait...

Tant que nous n'avons pas d'explications (et il ne faut pas nous le cacher, même après), nous avons (et peut-être un peu plus moi) le sentiment de culpabilité. Et oui, je suis la mère, celle qui l'a portée, qui doit la protéger. Je n'ai pas pu la protéger justement. C'est horrible ! Lors de l'accouchement, quand on apprendra qu'il s'agissait d'un nœud de cordon, d'un accident, j'aurais tout de même ce sentiment, en me disant que, peut-être, si je n'avais pas bougé comme-ci, comme-ça, la boucle puis le nœud ne se serait pas fait.

D'ailleurs, après l'accouchement et la découverte de ce nœud, n'ai-je pas dit à Magali : « C'est de ma faute, c'est MON cordon ». Et elle, bien sûr de me rassurer : « Non Julie il s'agit de son cordon, ce n'est pas la maman qui fabrique le cordon ». Oui, mais...la culpabilité est toujours là, même des mois après...

Je crois que dans ces événements tragiques de la vie, il faut trouver un coupable. On en a besoin, peut-être pour accepter l'inacceptable. Alors là, pourquoi ne pas penser que la coupable c'est moi ? Encore une fois, c'est la maman qui porte l'enfant. C'est à la maman de protéger son bébé puisqu'il est dans son ventre. Ai-je bougé un peu trop un jour ? Finalement, le fait d'aller pratiquement au bout au niveau de mon travail a-t-il eu des conséquences sur la boucle qu'elle a fait au départ ? En suis-je responsable ? On a beau me répéter qu'il s'agit d'un nœud de cordon, que c'est un accident, il y aura toujours un léger doute, aussi infime soit-il, qui restera là. Bien sûr, nous n'aurons jamais de réponse, du coup je risque d'avoir ce sentiment très très longtemps... Même le résultat de l'autopsie (que nous avions demandée pour vérifier s'il n'y avait pas autre chose) ne m'a pas apaisée. Pourtant lors de la visite pour expliquer ce résultat, la gynécologue a été claire : rien d'autre qu'un nœud de cordon, c'est un accident. La faute à pas de chance quoi ! C'est horrible !! Alors on se dit (Emmanuel a eu ce sentiment) qu'il vaut mieux peut-être ça qu'une maladie génétique... Enfin sur le poids de la culpabilité, je veux dire. On peut se dire que nous n'avons rien transmis de « mauvais » à notre enfant. Maintenant, je pense que la culpabilité est là, à divers degrés selon les personnes, quelle que soit la cause du décès.

Je me sens coupable, c'est plus fort que moi. Même Emmanuel, qui a plus conscience de l'accident, m'aide comme il peut mais sans trop de succès je dois dire !

Pour lui c'est plus le sentiment d'impuissance qui prédomine. Le côté : on n'a

rien pu faire, nous sommes entièrement passifs devant tout ça, que ce soit

nous, les médecins, tout le monde quoi !

Mais qu'il s'agisse de ma culpabilité ou de son impuissance, nous sommes

tristes, enfin le mot est faible. Nous sommes malheureux, dévastés même.

Cela semble évident de dire ça, mais cette tristesse est une tristesse qui vous

prend aux tripes, qui fait mal, très mal. C'est une douleur, et on a

l'impression que jamais on ne s'en remettra.

D'ailleurs, cette tristesse se transforme (en tout cas pour nous) par la suite,

quelques semaines après, en colère. Encore une fois, cette colère est peut-être un peu plus présente chez Emmanuel. Alors, que je suis encore triste, lui est en colère, toujours très triste mais aussi très en colère. Elle est sûrement liée à son sentiment d'impuissance ; « Je n'ai rien pu faire alors je suis en colère contre cette impuissance ». Reste à savoir en colère contre qui ?

Comme je le disais plus haut contre tout le monde et personne !

Pour ma part, dans un premier temps, j'ai du mal à être en colère, vraiment,

tant je crois ma tristesse prend le dessus. Notre psychologue nous disait : « la

colère viendra après ». Je crois vraiment que je suis trop dans la tristesse, la

douleur pour penser à la colère. Ce n'est peut-être pas dans ma nature ? Ou

suis-je en colère mais uniquement contre moi (cela rejoint ma

culpabilité...culpabilité de ne pas avoir réagi avant, de n'avoir pas écouté ma

sage-femme quand elle me disait de m'arrêter). Je crois que pour moi, je n'arrive pas à différencier tous ces sentiments qui vous envahissent quand un tel drame vous arrive.

Colère ou tristesse ? Je ressens peut-être les deux en même temps ?

Mais très vite, il a fallu, malgré cette épreuve et les sentiments qui vous

submergent, continuer, survivre au début, puis réapprendre à vivre. Je pense

que Léa va nous y aider, inconsciemment. Il faut faire cet effort pour elle. Et là

encore, on ne réagit pas pareil. J'ai eu beaucoup de mal à m'en occuper, à

jouer avec elle, à m'intéresser à ce qu'elle faisait même. Elle m'agaçait, m'irritait. J'avais l'impression de ne plus l'aimer. J'avais (et j'ai toujours) honte d'avoir éprouvé ça mais j'avais l'impression d'aimer tellement fort Lucie que du coup je ne pouvais plus aimer Léa.

En plus, moi j'avais envie de parler de Lucie à Emmanuel, à Léa. Et elle, m'envoyait « bouler » à chaque fois que j'essayais de lui en parler. Elle n'était pas prête, Emmanuel non plus d'ailleurs ! Moi, oui.

J'avais l'impression qu'on ne se comprenait pas, Léa et moi. Quant à Emmanuel, c'était le contraire. Plus il s'en occupait, plus cela lui faisait du bien. En parlant, je pense que lui était capable de « lâcher prise », de profiter du moment présent. Moi, je n'en étais pas capable, pas tout de suite en tout cas.

Ce qui nous a beaucoup aidés, c'est le fait de parler. Nous nous sommes aperçus (même si on le savait un peu déjà !) que nous étions un couple soudé. Cette épreuve nous a encore plus rapprochés. Il faut être tolérant l'un envers l'autre. Pouvoir parler de ce qu'on veut, de ce qu'on ne veut pas, ce qu'on arrive à faire ou à ne pas faire. Et on trouve comme ça un petit équilibre. Car il est vrai que les réactions peuvent être complètement différentes face à cette épreuve et surtout pas au même moment.

J'ai tout de suite souhaité en parler, parler de Lucie, me mettre sur un site et pouvoir échanger avec d'autres mamanges comme moi (nom que j'ai connu grâce à ce site et que je me suis approprié car je suis maintenant une mamange et je trouve ce nom très doux). Emmanuel m'a laissée faire (ce n'est pas le cas de tous les hommes lors de cette épreuve malheureusement). Lui, était plus « discret » dans son expression. Et c'est là qu'on s'aperçoit que la parole est primordiale. J'avoue que malgré ma grande tolérance, je me suis posée un moment la question : « Mais est-il vraiment impacté puisqu'il n'en parle pas ? ». Je crois, en ayant « discuté » avec plusieurs mamanges, que c'est assez fréquent comme doute. Je me souviens d'un soir ou j'étais sur l'ordinateur à échanger et à lire des témoignages, j'appelle Emmanuel et lui montre un témoignage. Je le trouve distant. Je veux savoir et là, on a pu parler. Il m'a dit « tu sais, je n'ai pas besoin de parler de Lucie pour penser à elle et être malheureux ». Cette phrase résonne encore en moi. J'ai compris ou plutôt réalisé que nous étions différents et qu'il fallait se respecter. Voilà, c'est le mot. Respecter l'autre, sa réaction, sa douleur, les moyens qu'il trouve pour essayer de surmonter l'insurmontable. Et c'est ça qui est compliqué et parfois douloureux.

La personne qui nous a aidés et nous aide encore actuellement est la psychologue de la maternité, Mme Bonissent.

Dès l'annonce, quelqu'un de l'hôpital vient nous voir. On peut rester en contact et on se voit quand on le souhaite. Emmanuel est venu avec moi les premières fois.

En parlant d'aide, il y a l'aide psychologique, la plus importante bien sûr, mais il y a aussi une aide plus « matérielle ». Il y a des papiers à remplir, déclarations à établir etc...

Et là encore, il y a une assistante sociale à l'hôpital. Elle va être un soutien elle aussi au tout début où notre priorité à nous n'est pas du tout une priorité administrative, alors que les institutions, elles, n'attendent pas.

Elle va nous aider et appeler à notre place. Avec beaucoup de considération. C'est d'ailleurs valable pour tous les décès, le plus pénible sont les papiers. Alors quand vous devez faire face au décès de votre enfant, c'est tellement soudain. Vous étiez à mille lieux d'imaginer que cela puisse vous arriver, alors vous êtes un peu perdus face aux modalités administratives.

Il y a tout d'abord les déclarations à la CAF et la Sécurité Sociale. Mais surtout (et c'est le plus dur émotionnellement parlant) la déclaration pour ajouter Lucie au livret de famille. Vous avez dix jours (quelques jours de plus que les enfants « vivants » pour le faire). Épreuve oh combien difficile. Nous arrivons à la mairie. Nous sommes dirigés vers un guichet « spécial ». La personne a peut-être plus l'habitude des « gens comme nous ». On s'assoit, franchement pas à l'aise en fait. Les yeux dans le vague aussi. Dix jours après c'est si proche, si douloureux. On lui explique. Elle nous tend un formulaire à remplir. Dans la rubrique « Nom et prénoms » est indiqué « jusqu'à 3 prénoms ». Cela tombe bien, nous avions décidé que Lucie porterait les prénoms de son arrière-grand-mère maternelle (la maman de mon papa) et celui de son arrière-grand-mère paternelle (la maman du papa d'Emmanuel) à savoir Marie et Odette. Un peu compliqué certes mais Léa, porte les prénoms de ma maman et de la maman d'Emmanuel.

J'écris donc Lucie, Odette, Marie Bocquillon.

Je lui remets le formulaire. Après quelques minutes, elle nous dit : « Je suis désolée mais par rapport à la loi, je suis obligée de déclarer votre fille avec un seul prénom et pas de nom de famille... ». QUOI ? Pourquoi alors le mettre sur le formulaire ? C'est nul. Ça nous a donné un coup ! Comment ne pas pouvoir faire ce qu'on souhaite pour notre fille ? Qu'est-ce que cela leur fait à eux de noter sur le livret de famille 3 prénoms et son nom de famille ? On est encore dans un état second, une sorte de bulle alors on écoute... seulement. Un peu choqué tout de même. Oui, on écoute, on ne comprend pas tout ça et puis surtout j'ai encore une énorme tristesse qui me sert la poitrine. On a encore beaucoup (c'est un euphémisme) de tristesse d'avoir perdu notre petit bébé et là, d'entendre que seul son prénom « Lucie » apparaîtra sur notre livret de famille...

Pour « atténuer » notre peine (le pense-t-elle certainement), elle nous dit que nous avons de la chance (oui ce sont ses mots) car la loi a changé il n'y a pas si longtemps. Avant, ces enfants morts nés ou morts in utero n'avaient pas le droit de porter un prénom et étaient ajoutés sur le livret de famille par un « bébé x ». Alors, cool, quelle chance on a en effet ! Non, la pauvre, elle a certainement voulu bien faire mais c'est terrible de nous dire ça... Comme ça !

Alors voilà, sur notre livret de famille, à la rubrique « extrait de l'acte de décès » (le mot décès qu'elle a barré d'ailleurs) est indiqué « l'enfant sans vie, Lucie, décédée le 15 Novembre 2013 » à Tours...

C'est dur je trouve. Tout le personnel médical a insisté, au moment de l'accouchement, sur le fait que j'avais bien mis au monde ma deuxième fille. Du coup, cela veut dire qu'elle est née sans vie, bien sûr, mais je l'ai fait naître quand même.

Moi, j'aurais bien vu sur le livret de famille « extrait de l'acte de l'enfant Lucie, née sans vie ». Bon ce n'est pas moi qui fais les lois, il va falloir faire avec, sans notre Lucie, ça c'est une certitude !

En tout cas, ça plus les autres prénoms et le nom de famille, c'est beaucoup. Je suis encore abasourdie. Avant de partir, la personne nous donne des extraits d'acte. Il est indiqué l'état civil de la mère (moi) et le père (Emmanuel) de Lucie. Elle nous explique que c'est le document qui « prouve » la filiation et donc que Lucie est bien une Bocquillon, comme sa sœur. Enfin, elle essaie tant bien que mal de nous apaiser... Peine perdue ! Reste que le nom n'est pas inscrit noir sur blanc... Fin de la discussion.

Heureusement donc qu'il y a des gens qui nous aident.

Et notre chatte, Bébé chat, nous a beaucoup aidés. Elle a été formidable jusqu'au bout, un soutien pour nous 3.

Nous devions donc l'euthanasier le jeudi car elle souffrait trop. Le mercredi, la veille, on nous apprenait la terrible nouvelle pour Lucie. Il était hors de question pour nous, alors, de dire adieu à Bébé Chat. 15 ans qu'elle partageait mon quotidien. Alors le jeudi, Emmanuel part chez le vétérinaire. Courageusement, il leur explique ce qui se passe. Elle lui fait une piqûre, une perfusion pour la rebooster et puis on voit. On lui avait déjà fait ça. Cela marchait au début. Mais il était évident qu'elle était en sursis. Quelques jours après, elle s'est remise à manger, à être plus en forme. Bien sûr, elle ne jouait plus, normal à son âge ! Mais elle était très câline et c'était de ça dont on avait besoin à ce moment précis. Chose mémorable de l'aveu de la vétérinaire, malgré son âge, sa maigreur, ses antécédents, elle a tenu ! Une façon de nous dire « non, je ne peux pas vous abandonner, pas maintenant ». Et je suis sûre, sans comprendre le langage des chats, que c'était le cas ici. « Non, pas maintenant, ils ne sont pas prêts, ils ont besoin de moi ».

Et puis, le 27 février, 3 mois après le décès de Lucie, Léa, sa petite maîtresse qu'elle a vu naître, allait mieux. Elle commençait à parler de sa sœur...

Ce 27 février donc, cela faisait quelques jours que Bébé chat recommençait à ne plus s'alimenter, à avoir mal. Alors, nous l'avons accompagnée tous les 3 chez le vétérinaire. Nous lui avons fait un gros bisou et on l'a laissée partir. Elle avait tellement de douleurs que nous ne pouvions la caresser. Cela me faisait mal de la voir comme ça. La décision n'a pas été facile.

Puis on s'est dit « elle nous a tellement apporté, à nous de lui apporter quelque chose, cette paix, cette sérénité, de ne plus souffrir ».

Je me souviens du moment où j'ai dû la prendre délicatement avec ma robe de chambre (elle s'était couchée dessus) sans la bouger tellement elle souffrait, ses os lui faisaient mal sans doute. On a pris la voiture. Nous étions autour d'elle. Elle était tellement faible que tout est allé très vite. Pour Léa, Bébé Chat était parti rejoindre Lucie au ciel. Pour nous, on a perdu de nouveau un être cher. C'était une chatte magnifique, très intelligente et qui aura fait beaucoup pour nous durant ses derniers mois de vie.

Ce sera très dur pour nous 3 sans elle. Il va nous falloir vivre sans notre deuxième fille et sans notre chatte adorée.

Je parlais d'un site (« Nos petits anges au paradis ») et son forum qui m'a beaucoup aidée. J'ai en effet pu échanger avec des mamans comme moi. C'est en recherchant sur Internet une explication sur le nœud de cordon que je suis tombée sur ce site, très bien fait. En échangeant avec ces mamans, on s'aperçoit qu'on traverse les mêmes émotions, les mêmes étapes. On s'écoute (enfin on se lit !) et surtout on se comprend. Nous ne sommes plus seuls. Ce que j'ai aimé aussi, c'est que je pouvais trouver de l'aide mais aussi très vite en donner car malheureusement des nouvelles mam'anges (oui les témoignages viennent souvent de femmes), il y en a tous les jours ou presque.

Et puis une amie m'envoie le lien d'un site d'une association : « Voiles des anges », soutenant les familles ayant perdu un enfant. Intriguée, je regarde le site et je vois le projet ; faire partir un bateau sur le Vendée Globe avec les noms des enfants partis trop tôt inscrits sur la coque. Là, ça m'interpelle. C'est très fort comme symbole. On pourrait offrir à Lucie un merveilleux voyage et puis son nom pourra voyager et être reconnu à travers le monde. Une façon de ne pas l'oublier et de crier au monde entier qu'elle a bien existé. J'en parle à Emmanuel. Pour l'inscrire, il faut bien sur adhérer à l'association et j'ai besoin qu'il soit partant avec moi.

Au départ, je le sens un peu en retrait mais plus « ouvert » qu'avec les forums. Au final, il trouve, comme moi cette idée plutôt belle.

Je contacte par mail la présidente. Là, je trouve une personne super adorable, chaleureuse, gentille qui me propose tout de suite son aide (appels...). On échange par messagerie instantanée souvent. Le contact passe bien. On décide, Emmanuel et moi, d'inscrire Lucie. Finalement ce projet nous rapproche encore un peu plus avec Emmanuel. Avec ces échanges, on se trouve de nouveaux amis en quelque sorte, une nouvelle famille.

Cette aide, nous nous apercevrons que nous en aurons toujours besoin. Après la réalisation du beau projet de Voiles des Anges en 2016 avec le départ d'un bateau sur le Vendée Globe, nous aurons le besoin de nous tourner vers une autre association pour de nouvelles aventures, rencontres et soutiens. Ce sera « Décroche moi une étoile » où nous retrouvons des anciennes et de nouvelles familles. Nous trouverons également beaucoup d'écoute, d'échange. Le but de cette association : des défis que chacun réalise pour honorer la mémoire de nos enfants et pour se retrouver aussi. L'avenir nous confirmera ce besoin puisque 7 années plus tard, nous nous épanouissons toujours dans cette même association. Mais ça, nous ne le savons pas encore...

En parlant de l'entourage, on découvre que les personnes réagissent très différemment à la perte d'un enfant, perte totalement inimaginable et impensable pour la plupart.

Il y a ceux que j'appelle les « gentils maladroits » qui ne savent pas trop quoi dire quand ils te rencontrent. Le genre « ça va ? », « faut remonter la pente » ... et puis les autres, qui sont plus blessants ceux-là.

C'est pour cela que le tri se fait très vite, presque naturellement. On est mal, on est triste, et d'entendre les mêmes bêtises du genre « heureusement vous ne l'avez pas connue », « vous avez Léa, c'est déjà bien », « il vaut mieux qu'elle soit partie maintenant qu'à 20 ans » ou alors « faut en refaire un tout de suite » (celle-là, elle vient de ma belle-mère !), « allez faut reprendre le travail tout de suite, aller de l'avant, passer à autre chose » ...

Non mais, comme si on pouvait faire une croix sur tout ça. Se dire en effet que c'est juste un contretemps... Alors nous avons pris du recul avec certains de nos amis, pour ne pas dire couper les ponts pour certains !

Pour ce qui est de notre entourage proche, je dirais, c'est pareil. Famille ou pas, c'est pareil. On nous a reprochés d'être dans notre bulle, surtout dans les semaines qui ont suivi. Mais on s'en fiche ! Oui, on en avait besoin pour éviter d'être « pollués » par ces réflexions justement. A force c'est dur à encaisser. Et puis, c'est plus fort que moi. J'essaie d'expliquer, d'argumenter alors que ma psy me disait de laisser couler. Elle avait raison, c'est sûr, mais c'est plus fort que moi. En tout cas, tout ça pompe le peu d'énergie que nous avons !

On se sent incompris, et je crois qu'on l'est, par certains, même si d'autres essaient de nous comprendre.

Alors oui, parfois certaines personnes font beaucoup d'efforts pour y arriver. D'autres, un peu moins ! Mais quel que soit l'effort, il faut être sincère. Est-il possible de nous comprendre à ce moment-là ? Je ne suis même pas sûre qu'on souhaite être compris car on sait pertinemment à ce moment-là, que si la personne n'est pas passée par une telle épreuve (la perte d'un enfant), elle ne peut pas comprendre par quoi nous passons, ce que nous ressentons, nos envies, nos douleurs... Non, ce dont nous avons envie je pense, ce n'est pas tant de la compréhension à ce stade, mais plutôt de l'écoute et de la présence. Tant de personnes essaient de trouver un moyen de nous apaiser (est-ce possible ?!), de trouver des mots (quand aucun mot n'est assez fort pour nous réconforter). Alors qu'au final, les personnes qui « ont tout bon » sont celles qui sont là, même sans rien dire, prêtes à nous écouter parler de Lucie encore et encore, ou juste nous écouter ne rien dire ! juste être là avec nous. Je le conçois, ce n'est pas évident mais c'est ce qui nous faisait du bien. Pas si évident d'être nos amis à ce moment-là !!

Heureusement on a des amis qui étaient là dès le début, qui nous ont aidés, chacun à leur façon. C'est super de voir ça et finalement cela permet d'atténuer un peu « les déceptions » que nous rencontrons avec certains. Cette aide a commencé dès mon entrée à la maternité, dès l'annonce du décès même en fait. Nos amis et voisins ont donc pris en charge Léa qui a également passé la nuit du vendredi (jour de mon accouchement) chez sa copine. Et puis, pour qu'Emmanuel ne se retrouve pas seul, le samedi, il a été invité à manger par ces mêmes voisins. A mon retour dimanche, une autre amie, Mathilde (toujours dans les parents d'élèves) a pris le relais et venait nous apporter des plats (soupes, quiches...). C'était très appréciable. En effet, nous nourrir n'était pas pour nous la priorité.

Nous n'avions pas envie de faire à manger, mais il y avait Léa. Il fallait qu'elle mange correctement. Elle avait l'école, il lui fallait une bonne alimentation comme tous les enfants de son âge. Alors ces bons petits plats étaient vraiment une sacrée aide. Ça fait chaud au cœur. Surtout que cette maman est maman de deux enfants avec un emploi du temps serré. Et elle arrivait quand même à trouver du temps pour nous. Elle trouvait même toujours le temps pour m'écouter. Nos relations ont changé d'ailleurs avec certains parents. Avant cette épreuve, il nous arrivait de parler avec eux, de simples échanges devant l'école. Et puis après le décès de Lucie, on s'aperçoit que certains d'entre eux deviennent des amis, de vrais amis par leurs réactions, leur soutien... Cette même maman par exemple prendra Léa pour des sorties, la piscine, des cinémas, des nuits... C'est beau tant de générosité ! Une maman me donnait des vêtements pour Léa, une autre était souvent là pour m'écouter ou m'offrir un café (euh non, plutôt un jus d'orange... Je n'aime pas le café !). Il y a une amie de longue date, loin en distance mais toujours là pour m'appeler, pour prendre des nouvelles ou m'envoyer un petit sms « pour ne pas déranger ».

Les mois passent. La vie reprend son cours... Du moins pour les autres. C'est là (surtout au premier anniversaire) que nous nous apercevons que tout cet élan « se tasse ». Nous étions préparés... Heureusement ! Mme Bonissent, La psychologue nous en avait parlé en nous disant que souvent les gens pensaient, à tort, qu'après un an, on remonte la pente, on est mieux, mais c'est tout le contraire ! Car justement, l'entourage n'en parle plus, et nous, on a l'impression d'être abandonnés du coup. Je ne blâme personne, c'est comme ça. C'est juste dur à passer, à surmonter. Alors s'il y a quelque chose à retenir de tout ça, c'est que nous, parents d'enfants décédés, nous aurons toujours besoin d'une petite attention. On n'oublie jamais, et on aimerait continuer à entendre et à pouvoir parler de nos petits, évoquer leurs courtes vies. Une pensée, un mot de la part de nos amis le jour de son anniversaire, le jour de son départ, la fête des mères, des pères... Notre douleur ne s'arrête pas au premier anniversaire.

Pour nous, par contre, un couple d'amis « s'est dévoilé » lors de ce premier anniversaire justement. Pascal et Stéphanie, parents d'un copain de Léa qui n'ont pas « osé » venir avant. Je me rappelle qu'ils se sont presque excusés de ne pas être venus plus tôt et là, je leur ai dit « mais non au contraire, quand la vie reprend son cours, vous vous êtes là c'est merveilleux ». Voilà de véritables amis ! Et là, avec eux, nous avons eu de l'écoute, du soutien, de l'aide.

Comme nous étions quelque peu préparés à cette « reprise du cours de la vie sans nous », nous avions décidé de préparer un lâcher de ballons pour les un an d'ange de Lucie en invitant nos amis qui ont pratiquement tous répondu présents. Nous voulions quelque chose de particulier ; pas triste, pas gai mais un moment de partage autour d'un buffet. Et c'est cette maman arrivée « sur le tard » qui s'est proposée pour organiser le buffet. Fine cuisinière, le buffet était gargantuesque et délicieux. Ce moment nous a permis de remercier ces amis de ce qu'ils avaient fait pour nous et tout simplement d'être ensemble réunis pour et par Lucie.

Pour la petite anecdote, j'avais choisi des ballons blancs (ce n'est pas un anniversaire tout à fait « normal » quand même). Et puis Léa m'a dit du haut de ses 6 ans et demi « Moi, je veux de la couleur, c'est son anniversaire à Lucie, elle aurait aimé des couleurs ». J'ai donc acheté des ballons blancs pour les adultes et des ballons de couleurs pour les enfants présents.

Comme je le disais, c'est souvent quand quelque chose de grave vous arrive, qu'on reconnaît ses amis. Et le contraire est vrai aussi ! Nous avons eu aussi notre lot de déceptions en ce qui concerne « ces amis ». Une petite goutte d'eau par rapport aux vrais mais cela reste très décevant.

Je crois pouvoir dire qu'Emmanuel a été particulièrement déçu par rapport à ses relations. Peut-être y a-t-il l'effet de la distance. Ces fameux amis sont sur Poitiers essentiellement et il ne les voit que très rarement. Et comme il n'est pas très actif sur les réseaux sociaux, c'est plus compliqué. Mais ce qui a fait le plus de « dégâts », c'est notre page Internet.

Nous avons donc créé une page Internet en hommage à Lucie. C'était également une façon de l'annoncer à nos « amis » des réseaux sociaux. Sur cette page, une photo (retouchée en noir et blanc) de notre bébé, notre texte que nous avions écrit juste après l'accouchement et... un appel aux dons. C'était, au départ, une demande d'Emmanuel. Moi, j'avoue que ma première réaction était l'idée « basique » que demander de l'argent aux gens ne se faisait pas et l'idée me gênait. Puis, Emmanuel fait un beau texte en expliquant cet appel aux dons et il m'explique. Les obsèques sont chères (nous ne savions pas à l'époque que la CAF pourrait prendre en charge), nous avons eu besoin de nous évader, de sortir, de faire plaisir à Léa. Emmanuel, en tant qu'auto-entrepreneur ne perçoit rien s'il ne travaille pas. Et il était bien incapable de se concentrer dans ces circonstances. Emmanuel avait beaucoup travaillé pendant mes mois de grossesse afin de pouvoir souffler et profiter de sa deuxième fille lors de la naissance et ses débuts de vie. Il avait trouvé (à tort je pense) qu'il n'avait pas assez profité des premiers mois de Léa (à cause du travail notamment) et voulait « se rattraper ». Malheureusement Lucie est partie trop tôt sans qu'il puisse en profiter. J'ai donc compris qu'il s'agissait plus d'un besoin psychologique et presque vital pour lui. S'il a besoin de cet appel aux dons pour avancer, alors on y va. J'avais un peu « sondé » quelques amis qui n'ont pas eu l'air choqués, bien au contraire.

Nous publions donc tout ça sur nos pages respectives.

De mon côté, j'ai beaucoup d'amis généreux (quand je parle de générosité ce n'est pas tant par les sommes mais surtout par le geste qui est ici, le plus important pour nous), Emmanuel, nettement moins.

Par contre, quelque temps après, moi aussi j'ai eu mon lot de déceptions. Une amie d'enfance (qui comptait beaucoup quand j'étais ado et par la suite) m'appelle trois mois après le décès de Lucie. Elle m'avait laissée un très joli message sur mon portable lorsqu'elle avait appris la nouvelle en me disant qu'elle était là si besoin malgré la distance... Mais malheureusement elle n'était jamais joignable quand je l'appelais. Donc trois mois après, elle m'appelle. Elle veut savoir comment cela s'est passé etc... Je lui raconte et puis on en vient à parler de ce fameux appel aux dons. Et là, contre toutes attentes et sans me demander les raisons qui nous ont poussés à faire tout ça, elle me dit qu'elle ne comprend pas pourquoi Emmanuel « veut faire de l'argent sur le dos de Lucie » ? Là, je m'énerve, elle ne prend pas de nouvelles pendant trois mois et se permet de dire ça le plus naturellement possible ! Comment peut-on imaginer qu'on puisse faire de l'argent sur le décès de notre fille, la chair de notre chair ? C'est horrible de dire et de penser ça surtout venant d'une amie.

Je pense qui si un jour cette personne lit ce livre, elle se reconnaîtra et je peux lui dire qu'elle nous a fait beaucoup de mal avec ses propos, et vu notre amitié de l'époque, la déception fut immense. La colère aussi. Je lui ai envoyé assez rapidement une lettre très « corsée » pour exprimer ma pensée. Elle avait certainement ses propres soucis (que je connaissais en partie) mais c'est dur à digérer. Peut-être que nos routes se recroiseront mais il me faudra du temps pour cheminer. Nous verrons. Il faudra sans doute un jour crever l'abcès... ou pas !

Emmanuel a eu la même mésaventure avec un très vieil ami, ami d'enfance aussi. Comme quoi tout est chamboulé. Il y a un avant Lucie et un après.

Je pense que c'est la mort d'un enfant qui fait peur et qui met mal à l'aise. Lors du décès de ma maman lorsque j'avais 22 ans, je n'avais pas eu ces réactions, ce sentiment de malaise de certaines personnes comme cette amie d'enfance pour moi. Bien sûr je n'avais, à l'époque, pas fait d'appel aux dons qui a pu choquer mais je suis sûre que si je l'avais fait, ces personnes n'auraient pas réagi de la sorte. Au-delà de ça, si certaines personnes ont été distantes, c'est que la mort d'un enfant ou d'un bébé reste quelque chose de tabou car inacceptable en réalité. Quand ma mère est morte, mes amis étaient tristes mais ils étaient présents. Parfois ils ne savaient pas quoi dire mais ils étaient là. Quand je parlais de Lucie, ou des difficultés que je rencontrais pour m'occuper de Léa, souvent les gens vous disent « Ah oui quand j'ai perdu ma mère, mon père... Moi... » Je me suis donc interrogée. Mais non le deuil d'un enfant est complètement différent d'un deuil de sa maman ou de son papa. La douleur est là, bien sûr, mais ce n'est pas pareil. Et pourtant, j'étais vraiment très très proche de ma maman vivant seule avec elle, 6 mois de maladie, le ciel me tombait sur la tête, plus de repère. Une maman c'est tout. Elle m'a beaucoup manqué, et à certains moments me manque encore. Mais quand Lucie est décédée, c'était moi la maman. Alors oui, une maman c'est tout mais un enfant alors ? C'est la chair de sa chair comme on dit. Et là, la maman c'est moi. C'est peut-être cela qui change tout. Quand j'y pense, cela me faisait bizarre d'avoir vécu ces deux moments si semblables mais à la fois si différents.

Certes ma maman est décédée jeune à 57 ans et malgré la douleur que j'ai eue, à 22 ans, j'avais ma vie devant moi. Ma maman est partie en premier, une maman qui décède avant son enfant, logique je dirais. Quand on nous annonce la mort de notre fille, on se dit que c'est injuste. Elle n'aura pas la chance de vivre une vie comme toutes les petites filles, et nous n'aurons pas les projets futurs que nous avions prévus avec elle et sa sœur Léa.

Tous ces événements du passé, du présent, m'ont appris sur moi, sur ma vie, sur les gens. Ils ont creusé des failles. Depuis son décès, j'ai peur de tout. Peur de perdre Léa, peur de perdre Emmanuel, mes proches. Je prends sur moi quand Léa part en sortie, quand Emmanuel sort seul. Je ne peux pas les mettre sous cloche. Souvent je me fais violence. C'est dur mais c'est le prix à payer si je ne veux pas « gâcher » l'enfance et l'innocence de Léa.

Je me dis qu'il faut que je travaille sur moi, que c'est une réaction normale quand nous perdons un enfant. Parfois quand je ne vais pas bien, ce sentiment est amplifié, une vraie peur panique.

Je suis également devenue moins patiente et moins tolérante. Moins patiente surtout vis à vis de Léa. Plus sévère aussi peut-être ?!

C'est un long travail que j'entreprends pour changer tout ça. Mme Bonissent m'aide beaucoup, c'est un travail « d'équipe ». Autant j'essaie de faire des efforts par rapport à Léa ou Emmanuel, autant je ne fais pas beaucoup d'efforts face aux personnes que nous devons fréquenter, rencontrer au travail, à l'école...

C'est pour moi une dépense d'énergie inutile (après plusieurs mois, je l'ai enfin compris). On a déjà beaucoup à faire pour essayer de surmonter ce drame. Je m'aperçois que je suis encore plus sensible qu'avant. J'ai du mal à voir un enfant pleurer et même quand je vois un enfant heureux de recevoir quelque chose, ça m'émeut et les larmes me montent instantanément.

Je ne sais pas si c'est quelque chose qui reste ou si avec le temps ça s'atténue... Nous verrons avec le temps...

Ce qui me rend triste aussi et surtout, c'est pour Emmanuel. Autant on a du mal à se voir « soi-même », autant j'ai pu constater comment cela l'a changé. Lui, si patient, indulgent, est devenu beaucoup moins patient et moins indulgent, même intransigeant avec certaines personnes, mais aussi avec lui-même. Il n'hésite pas à dire quand il n'est pas d'accord (ce qui est plutôt positif) mais la façon de le dire... Comment dire ? Ce n'est pas forcément très agréable ! Il ne prend pas de gants en un mot ! Ça peut être gênant parfois. Bien sûr avec nos amis, les vrais, il se retient... Peut-être qu'avec eux tout simplement, on n'aborde pas de sujets qui fâchent et ces amis ne font pas de remarques qui peuvent blesser ou contrarier. Quoiqu'il en soit, il en est conscient, c'est bien. Mais je sais que moi, cela me fait mal. Mal pour lui, mal de l'avoir vu changer.

Mais ce qui nous affaiblit nous rend plus fort. Même si ce n'est pas juste après le décès, on puise des forces dans ce que nous vivons. C'est tellement dur à vivre que beaucoup d'autres événements ou barrières nous paraissent minimes. Nous apprenons à relativiser, c'est ça je crois.

Ce drame va m'apprendre aussi à me donner d'autres priorités dans la vie. La famille, bien sûr, devient encore plus importante. L'envie de profiter avec sa famille de chaque instant. Chaque décès d'un proche peut donner cette sensation, ce besoin, cette envie. Mais le fait de perdre un enfant, qui plus est un bébé qui n'a pas eu le temps de profiter de la vie, ne fait qu'amplifier ce besoin. Comment pourrait-il en être autrement face à une telle injustice. On se dit que la vie est précieuse et tellement fragile.

Février 2016.

Deux ans et 3 mois après le décès de notre Lucie. Nous nous reconstruisons petit à petit. C'est long et court à la fois. Long car le chemin n'est pas terminé jusqu'à la cicatrisation. Je parle de cicatrisation et non pas de guérison car je ne pense pas qu'un jour je pourrais guérir. Il y aura toujours une cicatrice, là au fond de mon cœur. Elle cicatrisera sûrement avec le temps, beaucoup de temps. Et court, à la fois, car je pense que (et ma psychologue me le dit régulièrement), nous avons déjà bien avancé sur ce long chemin. Nous avons essayé de rester forts, de protéger Léa. On s'est soignés, on se soigne encore par la parole. C'est important. Nous avons réussi à ne pas faire de tabous. Et je crois que l'essentiel est là. Les non-dits sont dévastateurs. On ne peut pas se reconstruire si on se cache des choses. Nous avons employé des mots adaptés à son âge pour Léa, mais sans rien lui cacher.

Elle n'a pas eu besoin de voir de pédopsychologue... Et ça, pour moi, cela veut tout dire ! Léa a réussi grâce à nous mais aussi grâce à elle-même. En tout cas elle va aussi bien qu'une petite fille peut aller quand elle apprend à 5 ans et demi que sa petite sœur est morte dans le ventre de sa maman.

Léa, à ce stade (et depuis la première année) parle de sa sœur. Il lui a fallu 3 ou 4 mois pour le faire. A bientôt 8 ans, elle a plus conscience de la mort. Mais pour elle, Lucie a toujours vécu dans un monde parallèle. Un exemple marquant : quand ses premières dents ont commencé à bouger, Léa a emmené au cimetière un petit caillou qui ressemblait à une dent. Elle a alors dit à Lucie qu'elle le lui apportait pour qu'elle voit ce que c'est et de ne pas s'inquiéter car cela ne fait pas mal !

Sans lui mentir à l'époque mais sans insister non plus, je lui ai dit que Lucie n'aurait jamais de dent puisqu'elle est morte avant. Alors ai-je bien fait ou non ? Avait-elle déjà compris ? Elle ne m'en a plus reparlé mais à 8 ans les cailloux sont toujours au cimetière...

Un an après le décès de Lucie, en CP ou CE1, Léa me disait être triste parfois dans la cour en pensant à Lucie. Elle avait trouvé « sa technique » et elle a bien voulu me la confier. Elle s'isolait dans la cour, regardait le ciel, un nuage. Elle se dessinait dans sa tête Lucie, assise sur ce nuage à côté d'elle, et lui disait qu'elle l'aimait. Ça semblait l'apaiser.

Depuis, elle est plus discrète à ce sujet. Une amie m'a alertée un jour. Elle me dit que Léa s'était confiée à sa fille en lui disant qu'elle s'isolait parfois car elle n'avait pas envie de jouer et qu'elle avait besoin de temps pour penser à sa sœur. J'ai interrogé Léa discrètement à ce propos. Elle m'a dit que non, elle n'était pas triste. J'ai un doute mais je la laisse. Je pense que c'est son jardin secret. Elle a le droit d'en avoir un. Elle ne veut peut-être pas me faire de la peine... Ses résultats en classe sont excellents, elle ne fait pas de cauchemars... J'essaie de rester confiante mais attentive bien sûr... Et je lui fais confiance. Elle nous a prouvé qu'elle était forte. Je pense qu'elle réagit comme nous parfois. On a envie de s'isoler pour pouvoir penser à Lucie. Pourquoi n'aurait-on pas le droit d'y penser ? Quoique certaines personnes en pensent, y penser, en parler nous fait toujours du bien. Lucie a bel et bien existé.

On a beau dire que les enfants sont plus forts, qu'ils n'ont pas la même notion que nous de la mort, ils n'en projettent pas moins leurs projets d'avenir avec ce petit frère ou cette petite sœur. Ce ne sont pas les mêmes projets que nous mais quand même. Je sais que Léa s'imaginait jouer avec elle. Étant donné qu'avec son papa elle avait modifié sa chambre pour accueillir Lucie, monter son lit, la table à langer... la semaine d'avant, elle s'était imaginée dans sa chambre. Et puis quand on a vu toute la tristesse, la douleur dans ses yeux lorsqu'on lui a annoncé que sa petite sœur était partie au ciel, on ne peut que comprendre, deux ans après, qu'elle y pense encore, qu'elle ait besoin de s'isoler et qu'elle soit triste par moment.

Lucie, comme pour nous, fait partie de sa vie, de son histoire. Elle est comme nous. Avec le temps, peut-être la douleur s'estompera. Encore plus elle, que nous, elle a la vie devant elle. Et puis chaque âge a son lot de questionnements je pense. Mais peut-être que la différence par rapport aux amis de son âge, c'est qu'elle a dû faire face très vite à la mort d'un proche. La mort de sa petite sœur, de son chat très rapidement après. Ça fait beaucoup je pense. Elle reste une petite fille comme les autres, peut-être un peu plus mûre. Elle joue aux mêmes jeux. La seule chose qui m'a frappée, c'est qu'elle ne joue plus à la poupée. Elle y a beaucoup joué quand j'étais enceinte et du jour au lendemain, elle a arrêté. A Noël alors qu'on feuilletait le catalogue de jouets, j'ai tenté de l'inciter :

« Mais si, Léa, pour renouveler ton stock ? » lui dis-je.

J'ai eu une fin de non-recevoir.

« Mais non maman, tu sais bien que je ne joue pas à la poupée ».

Mais là encore cela peut s'expliquer. Il ne faudrait néanmoins pas que sa tristesse envahisse sa vie. Qu'elle puisse « juste » avoir ses petits moments qui deviendront mélancoliques par la suite, je l'espère, c'est ce qu'on nous a dit. On ne pourra rien changer à ce qu'elle a vécu.

C'est comme les moments « les yeux dans le vague » comme je les appelle ! Elle ne regarde plus un bébé comme avant par exemple. Elle fixe une poussette en ayant les yeux tout humides. Quand je lui demande ce qu'elle a, elle me dit qu'elle a une poussière dans l'œil ! Elle a une sacrée imagination notre fille et quelle spontanéité !

Dans ces moments-là, je pense à la première fois où elle est allée au cimetière. C'était plusieurs semaines après le décès. J'avais décidé d'acheter un petit ange. Léa me dit : « Moi aussi, je veux lui acheter quelque chose ». Je trouve donc un petit ange. Nous sommes dans le rayon des petites figurines. Léa regarde. Il y a des petits animaux. Connaissant Léa, je me dis qu'elle va choisir un animal. Et contre toutes attentes, elle trouve un petit lutin, une petite fille avec une feuille de chou sur la tête et une petite coccinelle sur la main, habillée de rouge, très colorée. Elle me dit : « C'est ça que je veux maman. En fait c'est Lucie, ce petit lutin ». Et bien oui, Lucie est devenue lutin puisque les lutins, comme les fées vivent dans le ciel. Quand on y pense, je me dis qu'au fond, elle imagine sa sœur dans un monde plus gai, plein de couleurs. C'est beau !

Elle est comme nous, elle avance étape par étape.

C'est également le cas pour Emmanuel. Il avance pas à pas. Je pense pouvoir confirmer maintenant que ce drame l'a rendu plus fort. Il n'a pas hésité à en parler, à se faire aider. Après avoir vu Mme Bonissent avec moi à l'hôpital, il s'est aperçu que ce drame lui avait ouvert d'autres blessures liées à l'enfance, l'adolescence et sa famille. Il voit donc assez régulièrement une autre psychologue en ville. Même si au début cela n'était pas évident, il se sent plus libre avec elle sans moi. Même si je reste à ses côtés, ses histoires sont ses histoires et je pense qu'il est important de ne pas tout mélanger. Ce n'est déjà pas évident de faire la part des choses, alors c'est bien qu'il puisse travailler seul. Il devient plus fort face à ses proches, ses parents. Bien sûr il a toujours des moments de doute, de tristesse. Ce que j'ai pu constater est que, bizarrement (ou pas !) les coups de blues nous arrivent chacun notre tour.

Du coup, il y en a toujours un pour remonter l'autre. C'est plutôt bien pour se soutenir !

C'est dans ces moments-là que nous nous apercevons que nous sommes un couple soudé. Les « petites prises de bec pour rien » reviennent (plutôt bon signe non ?!), mais nos relations se sont resserrées et nous restons forts ensemble. C'est important et beau sachant que 80 % des couples ayant perdu un enfant se séparent.

Quant à moi, après mon année scolaire sans travail pour me reconstruire, j'ai repris mon poste. C'était important pour moi et c'était surtout le moment. Alors en septembre 2014, j'ai repris le chemin de l'école.

Tout s'est bien passé. Mes collègues, mes supérieures ont été très compréhensifs. Moralement je tiens le coup. J'ai toujours besoin de l'aide de la psychologue. J'ai souvent des doutes, des questionnements sur Léa, sur Emmanuel, sur la vie, notre futur.

Je pense que nous y pensons tous à notre futur, même si nous vivons le mieux possible le moment présent, nous avons peut-être envie de faire de nouveaux projets. Et il est vrai que dans ces projets, on pense à essayer de donner la vie à nouveau. Tenter de donner une petite sœur ou un petit frère à Léa et Lucie.

Je crois que nous en avions envie depuis le début mais il était sans doute pour nous deux, trop tôt, trop proche de Lucie, de sa mort. Nous souhaitions « intégrer » que nous avons bien eu une deuxième fille (pas si évident que ça finalement). Surtout ne pas faire, ce qu'on peut appeler, un bébé de remplacement. Après tout, ceci est très personnel. J'ai eu l'occasion de rencontrer des mamans dont le souhait était de faire un autre bébé très vite après. Personne ne peut juger, surtout pas nous. Nous, c'était nos sentiments, notre ressenti à l'époque. Et puis de nombreux spécialistes ont en effet confirmé qu'on ne pouvait pas parler de « bébé de remplacement » pour les bébés d'après, tant toutes les histoires sont différentes.

Il y a donc un peu moins d'un an maintenant, j'ai arrêté la pilule. Il est vrai que, vu mon âge avancé, ce n'est peut-être plus si évident qu'avant.

Mais après tout, j'ai mis 3 mois après l'arrêt de ma pilule pour avoir Léa et Lucie...

Bon là, 6 mois après l'arrêt, toujours rien. J'ai donc passé quelques examens pour vérifier « l'état de la machine ». Je stressais beaucoup, beaucoup de pression aussi. Et si je ne pouvais plus donner la vie ? J'aimerais tant pouvoir donner encore plein d'amour à un petit être. J'ai fait ces examens. Tout va bien... Ouf ! Bien sûr je n'ai plus les follicules d'une petite jeune de 20 ans mais c'est normal puisque j'en ai 45 !

Afin de mettre toutes nos chances de notre côté, j'ai consulté une gynécologue obstétricienne pour faire le point.

Il se trouve que c'est elle que j'avais vue plusieurs fois lorsque j'attendais Lucie. Elle est douce, humaine et merveilleuse. Emmanuel est venu avec moi. Elle nous a rassurés. Elle nous a néanmoins expliqué que chaque grossesse est différente, qu'il y a le facteur âge certes, mais aussi psychologique pour nous.

Nous repartons un peu plus confiants. Et avec un traitement pour « booster » la procréation. Je suis consciente que ce n'est pas un produit miracle et que malheureusement c'est encore Dame Nature qui décidera de notre sort... encore...

Il a fallu faire un dernier examen pour savoir si je pouvais prendre ce traitement. Je viens de commencer en ce mois de février 2016. Nous (et surtout la gynécologue) nous donnons 6 mois. Ensuite, nous aviserons. J'ai eu le temps de pas mal cogiter, de discuter avec Emmanuel à ce sujet. On a du mal à envisager que cela ne puisse pas fonctionner. Et pourtant, encore une fois, nous n'aurons pas le choix. Ce sera, je pense pour nous un nouveau deuil, un nouveau cheminement pour accepter. Mais je commence à prendre du recul et à ne plus focaliser sur cette envie qui grandit de semaine en semaine.

Nous en avons parlé avec Léa, qui très souvent nous parlait de son envie d'un nouveau bébé mais « vivant celui-là » comme elle nous dit.

Il est important qu'elle sache que nous n'abandonnons pas l'idée, mais elle doit être consciente aussi que mon âge n'aide pas et que nous ne décidons pas. Elle m'a rassurée (c'est un comble !) en me disant que je n'étais pas trop vieille et qu'elle y croyait.

J'ai dû lui expliquer que ce n'était pas si facile que ça. Elle est trop jeune pour comprendre alors j'ai pris l'image d'une grappe de raisins. Quand on est jeune, nous avons beaucoup de raisins, donc beaucoup de possibilités d'avoir des bébés. Et puis quand on vieillit, on a de moins en moins de raisins sur la grappe donc, de moins en moins de chance d'avoir des bébés. Elle a dû comprendre puisqu'elle m'a dit : « Ah oui, les raisins pourrissent » !!! Oui c'est ça !!

Elle m'a dit qu'elle voulait vraiment avoir une nouvelle petite sœur ou petit frère. Mais, encore une fois, peut-être encore pour me rassurer, m'a dit que si cela ne marchait pas, elle ne voulait pas le savoir. Bon, cela a le mérite d'être clair !

Les semaines ou mois qui viennent nous le diront.

Janvier 2019.

Trois ans se sont écoulés depuis ma dernière phrase. J'aurais souhaité terminer ce livre par une note d'espoir avec l'attente d'un bébé Arc en ciel comme on les appelle, ou bébé espoir... Et puis les choses ne se sont pas déroulées comme nous l'avions espéré et nous avons dû, par la force des choses, prendre un autre chemin.

J'ai donc suivi le fameux traitement pendant six mois. Avec beaucoup de pression et cette envie de maternité de plus en plus forte et obsédante. Je notais tout, les dates des règles, le moment le plus propice pour les rapports etc... Nos rapports avec Emmanuel étaient devenus tendus lors de cette période. Il se sentait « simple géniteur ». Il est vrai que nos câlins étaient pour moi calculés et il faut bien l'avouer « juste » pour tomber enceinte et pas forcément pour avoir du plaisir. De quoi contrarier l'homme avec qui vous vivez, il faut bien le dire. A ce moment-là, je n'en avais pas conscience. Je désirais plus que tout ce bébé.

Au bout de six mois, toujours rien. Nous sommes dépités mais je ne perds pas espoir, j'y crois.

Nous retournons voir la gynécologue qui nous explique que malheureusement ce traitement en France est donné pour six mois uniquement. On considère en effet que si dans les six mois le traitement n'a pas été efficace, alors il ne le sera plus. Je suis déçue, je pensais qu'on nous donnerait une chance supplémentaire. Emmanuel est plus réaliste que moi (mais tout aussi triste et désemparé) et commence à comprendre que cela ne fonctionnera plus. Moi, je crois être dans le déni. Le même déni que lorsque j'étais à la maternité et que je sentais que quelque chose n'allait pas, mais que je ne voulais pas le voir. Dans ma tête, une partie de moi me dit : « Non ce n'est pas possible ».

On fait de nouveau des examens, un peu moins bons mais il est toujours possible d'avoir une grossesse spontanée nous dit la gynécologue.

J'essaie d'accuser le coup mais comme je suis encore dans le déni, ce n'est pas facile. Je travaille beaucoup avec Mme Bonissent. Tout d'abord pour être « plus zen » dans ce rapport à cette envie et dans les rapports aussi. Je m'efforce de ne plus rien noter, de ne plus calculer.

Nous décidons d'attendre encore sans traitement, sans contraception. Je pense qu'à ce moment-là, c'est le côté psychologique qui prend le dessus. On n'y croit plus peut-être, ou on se voile la face. Léa me pose souvent des questions. Je sens que la pression monte encore et encore en moi.

C'est plus fort que moi, je continue encore un peu à calculer (dans ma tête cette fois-ci !). Quand mes règles arrivent, je suis anéantie à chaque fois. Je ne vois pas quand cela va se terminer à part si je réussis à être enceinte. On en parle beaucoup avec la psychologue. Comment cela va se finir ? Magali, ma sage-femme m'aide tant qu'elle peut. C'est un travail que je dois faire seule, mais en suis-je capable et en ai-je envie ?

Je suis aussi triste car je sens qu'Emmanuel lui s'est résigné mais a mal aussi. Triste de le voir comme ça et je pense que c'est plus fort que moi, là aussi, mais j'interprète mal sa « résignation ». J'ai honte de l'écrire maintenant, mais je pense à ce moment-là que c'est parce qu'il est passé à autre chose et de me dire qu'il ne veut plus de bébé autant que moi, ça m'attriste. Depuis j'ai réalisé que ce n'était pas ça.

Les semaines et mois passent. Pas tranquilles pour moi. Plus les mois passent et plus je prends de l'âge forcément ! Cela n'a l'air de rien pour une femme qui n'est pas en quête de maternité mais, en plus de cette envie, de ce besoin de maternité, j'ai une peur panique d'une préménopause qui pourrait arriver et là les chances d'un bébé sont quasi nulles.

Je passe des mois très difficiles. Je déprime de plus en plus quand chaque mois mes règles arrivent. Je fais face, bien sûr. Il y a Léa, il y a Emmanuel. Mais là, mes rendez-vous avec la psychologue sont obligatoires. Ils m'aident à décharger toute cette douleur et tristesse.

Nous restons encore comme cela, dans cette situation pendant un an et quelques semaines. Ça ne vient toujours pas. Ce fut une période très compliquée pour tout le monde je crois. Pour moi, je continuais à travailler avec ma psychologue car c'était très difficile. Je faisais bonne figure mais ça bouillait au fond de moi. C'était plus fort que moi. A chaque fois que j'allais aux toilettes au moment de la période de mes règles, je scrutais en m'essuyant. Je m'essuyais d'ailleurs plusieurs fois et avec force pour vraiment voir si elles venaient ou pas. Quand j'avais quelques jours de retard, je me disais que peut être... Je guettais le moindre signe... Et puis au final c'était la même chose chaque mois. Je recevais une claque à chaque début de règles en me disant à chaque fois : « N'espère plus » et puis en même temps : « Allez peut-être la prochaine fois ? »... C'est usant, fatigant et déprimant.

Ce qui m'aide pendant cette période, c'est donc les séances chez ma psychologue. Elle est géniale et depuis le temps, elle me connaît par cœur ! Emmanuel, lui, a arrêté ses séances avec la sienne. C'est bien, il a fait l'effort d'y aller. Il pense cependant qu'il est arrivé au bout. Je pense qu'il en a encore besoin mais après tout, il se connaît et il sait ce qu'il lui faut.

Ce qui m'aide aussi beaucoup c'est qu'on se voit assez régulièrement avec Magali. A titre personnel, plutôt devant un verre ! Alors, elle est une amie mais je me nourris aussi de ses conseils de sage-femme. C'est important pour moi à ce moment-là. Ce sont de précieux conseils.

Mais à ce stade, j'y crois encore. Je me dis, peut-être à tort, qu'il n'y a pas de raison que cela ne fonctionne pas. Quand on veut on peut non ?! Je lis et vois tellement de témoignages autour de moi qui ont réussi à avoir leur bébé espoir après le décès in utero de leur enfant. Alors, pourquoi pas nous ? C'est vrai, on a attendu mais, comme on le disait avec Emmanuel, on a attendu pour être prêts, pour pouvoir l'accueillir dans les meilleures conditions possibles, ne pas faire d'erreurs etc... Alors ? Dame Nature ne peut pas nous faire ça, pas une deuxième fois ? C'est d'ailleurs ça qui nous énerve (car même s'il ne m'en parle pas trop à cette époque, je sais que c'est ce que pense Emmanuel). On fait tout bien et ça ne fonctionne pas.

Bien sûr, c'est une période où je pense très très souvent à Lucie. Tout m'y fait penser. Je me prends quelque fois à demander à Lucie qu'elle nous aide ! Que ce n'est pas pour la remplacer que je désire ce bébé mais pour qu'on puisse donner à un autre bébé l'amour que je n'ai pas pu lui donner. Que Léa puisse enfin jouer avec son petit frère ou sa petite sœur et qu'Emmanuel puisse enfin s'occuper de son autre enfant. Une manière aussi de conjurer le sort et de ne pas rester sur un « échec ». Attention ce n'est pas Lucie qui est un échec mais bien ce qui lui est arrivé. Non, vraiment, ce n'est pas envisageable de rester comme ça. Je donnerai la vie coûte que coûte. C'est mon souhait le plus profond et je ne vois pas comment faire autrement.

Le 22 octobre 2017, jour de mon anniversaire, nous avons rendez-vous avec la gynécologue pour faire le point. Je n'ai pas tellement envie d'y aller mais Mme Bonissent et Magali m'incitent à y aller. Je crois, au plus profond de moi, que j'ai peur d'entendre ce qu'elle pourra me dire. A savoir : « Maintenant il faut vous faire une raison, vous ne serez jamais enceinte, c'est trop tard » !

J'y vais. Emmanuel m'accompagne. Je retrouve avec plaisir pourtant Docteur D. que je trouve toujours douce, humaine et à l'écoute. Je redoute pourtant. Elle sent mes tensions. Me comprend. Elle me prescrit une nouvelle fois un examen afin de savoir où j'en suis au niveau de mes follicules. Bien sûr, elle me parle de mon âge. J'entrevois un espoir lorsqu'elle nous parle de ce qui peut se faire à l'étranger, notamment en Espagne. Pour moi, en France tout ce qui est PMA n'est plus possible vu mon âge. Elle me dit que si notre désir d'enfant est très fort, on pourrait aller voir en Espagne. Elle n'encourage pas ce genre de pratiques car elles sont risquées et onéreuses, mais elle m'en parle car cela existe. Il existe des cliniques privées qui proposent des PMA qui sont moins regardant sur l'âge par exemple. Elle nous explique que si nous décidons d'y aller, au moins pour une info, c'est cette année (Je viens d'avoir 47 ans). Dès notre retour à la maison, nous en parlons Emmanuel et moi. Lui n'est pas chaud du tout pour y aller. Son coté résigné et sans doute réaliste ?! Il me parle d'argent en me disant que si nous y allons, il est quasi sûr qu'ils vont nous proposer un don d'ovocyte et pour lui, c'est impensable car ce ne sera pas un bébé de nous deux. C'est vrai que la gynécologue nous a parlé de ça, qu'il y avait une possibilité qu'on nous le propose vu mon âge mais, là encore, je me mets peut-être des œillères, et je vois juste que ce n'est qu'une possibilité mais que surtout pour moi, c'est un fabuleux espoir.

Je regarde sur Internet. Je vois une clinique qui m'a l'air sérieuse sur Barcelone. Je me documente. Tout est bien rodé. C'est ouvert le samedi et dimanche. On peut prendre rendez-vous en ligne. Je me documente sur les avions, hôtels... Tout peut coller. Ce week-end pourrait nous revenir à 500 euros.

Emmanuel n'est toujours pas chaud mais me laisse organiser le truc. Pour moi, c'est important et je me dis qu'au moins on aura été jusqu'au bout du bout.

Reste à bloquer la date. Du coup, Emmanuel est partant pour le faire avant la fin de l'année (il m'explique qu'il souhaite comme cela commencer l'année sur de nouvelles bases si cela ne fonctionnait pas).

Nous en discutons de nouveau. Il m'explique que s'il accepte d'y aller, c'est pour moi parce qu'il voit bien que c'est important pour moi. Mais il a peur que j'y mette trop d'espoirs et que je sois d'autant plus anéantie si cela ne fonctionnait pas. Peut-être ? Et peut-être que c'est déjà trop tard (je suis déjà tellement remplie d'espoir car j'y crois à 100 %) mais j'ai aussi, je le sais, besoin de ça, d'aller jusqu'au bout comme je disais.

Nous fixons le week-end du 15 décembre.

Je prends contact avec la clinique via leur site. Une personne me rappelle très vite. On fait un premier point. Il me faut quelques examens que j'ai déjà. C'est plutôt cool par rapport à ça. Même la mammographie qui est obligatoire pour les femmes de plus de 45 ans, je l'ai ! Elle remonte à 2 ans environ mais on est encore dans les délais !

De toute façon, les examens que nous n'avons pas, nous pouvons les faire à la clinique directement. Comme par exemple, le spermogramme pour monsieur. Et oui, il n'y a pas de raison ! Pourquoi aurais-je tous les examens de mon côté ?! Celui-là, on le fera sur place. Ce n'est pas un examen que l'on fait tous les jours et puis, il ne sera peut-être pas nécessaire de le faire. Je pense que c'est un examen qui peut être un peu plus gênant pour un homme (et Emmanuel n'échappe pas à la règle !) alors que si on y regarde de plus près, ce n'est pas si différent d'une mammographie où on te malaxe ton sein dans tous les sens ! (mais le spermogramme touche à la virilité de l'homme...)

La personne que j'ai au téléphone (avec un bel accent espagnol) m'informe de ce qui va et peut se passer. Elle prend des tas de renseignements, me fait le dossier. Nous prenons rendez-vous avec un médecin pour le vendredi 15 décembre à 16h45.

Je réserve le train pour Paris ? puis l'avion vols réguliers pour être sûre des horaires. Je trouve un hôtel tout près de la clinique. C'est d'ailleurs l'hôtel que la clinique recommande. Nous pouvons y aller à pied (10 minutes environ).

Nous partirons le vendredi à 8h de Tours pour arriver à Barcelone à 14h10 et rentrerons le dimanche soir. Nous préférons réserver une nuit supplémentaire et se dire que, comme la clinique est ouverte le samedi et dimanche également, cela pourrait nous permettre d'y retourner aisément et poser les questions.

Je suis très excitée et à la fois morte de trouille.

J'ai beau me dire que c'est aussi l'occasion de passer un week-end en amoureux, en fait ce n'est pas pour ça que j'y vais !

Nous irons tous les deux. Léa passera le week-end chez notre amie Stéphanie et ses enfants et amis de Léa.

J'explique à Léa pourquoi nous allons en Espagne. C'est compliqué car je ne voudrais pas qu'elle aussi nourrisse trop d'espoirs. Et puis comment lui dire ? Je reprends mon image de grappe de raisins mais qu'à l'étranger, on permet à des femmes plus âgées de pouvoir essayer d'être maman par des techniques de PMA (je lui explique avec des mots qu'elle peut comprendre à son âge) impossibles pour moi en France. Pour elle aussi, l'enjeu de ce week-end est important. J'ai posé mon vendredi à mon travail.

Ce fameux week-end arrive, enfin !

J'ai du mal à laisser Léa, pourquoi ? Je ne sais pas. J'ai peur. J'ai la sensation étrange, la même sensation que quand je l'ai laissée avec Emmanuel le jeudi soir, la veille de mon accouchement à l'hôpital. La désagréable sensation que peut-être, je ne la reverrais jamais, qu'il pourrait m'arriver quelque chose...

Nulle hein ?

J'essaie de chasser ça de ma tête. Tout va bien...

Le voyage se passe bien. Un peu fatigant tout de même (changement à Paris et attente un peu longue). Nous arrivons à l'hôtel in extremis pour le rendez-vous à la clinique, juste le temps de poser les valises et on repart (heureusement que la clinique est tout près). C'est un peu speed et pas très « dedans » quand nous arrivons à la clinique.

Nous y sommes très bien accueillis. On s'y sent bien. Alors les méchantes langues diront que, bien sûr, au vu des prix qu'ils pratiquent c'est normal mais moi, cela ne me choque pas. Je m'y sens bien. Bien sûr je suis encore super stressée et j'ai toujours la trouille mais je suis rassurée par la structure.

Une personne vient nous voir et nous emmène dans son petit bureau afin de prendre les examens que nous avions et nous poser quelques questions d'ordre médicales. Je sens Emmanuel un peu tendu par toutes ces questions mais je m'y plie (lui également !).

Puis elle nous emmène dans un petit salon privé pour attendre le médecin.

Une pièce avec des tablettes avec des jeux ! L'attente est un peu longue (ou pas ! Mais nous sommes tellement stressés que pour nous, cela dure une éternité !). Emmanuel s'impatiente. J'essaie de le résonner et puis d'un coup, il se lâche et me dit qu'il se demande ce qu'il fait ici, qu'il n'aurait pas dû venir, que c'est une bêtise, que cela ne sert à rien... Qu'il se demande pourquoi on lui a posé tant de questions sur lui etc... (Pour moi, il s'agit uniquement d'une prise de renseignements médicaux comme quand vous allez à l'hôpital ou une clinique).

Je suis décomposée. Je ne m'attendais pas à cette réaction et surtout pas prête à entendre ça ! Je suis déstabilisée et complètement bouleversée. Je lui explique que ce n'est pas maintenant alors qu'on est là à Barcelone, à la clinique, qu'il faut me dire ça. Mais qu'il aurait dû me le dire bien plus tôt et même, me dire qu'il ne voulait pas venir. Alors bien sûr, je savais qu'il le faisait pour moi, mais il aurait pu me dire qu'il ne voulait pas venir et imposer son choix. Pas facile avec moi peut-être ? Mais en tout cas, ne pas me dire tout ça à 5 minutes de voir le médecin. C'est très violent et j'ai beau l'aimer, à ce moment-là, j'ai mal, très mal.

Je me dis que le rendez-vous commence mal et que tout va capoter parce qu'il n'est pas réceptif du tout.

Avant de voir le médecin, une personne vient me chercher pour me faire quelques examens rapides notamment la prise de ma tension. Plus de 18 de tension... euh c'est beaucoup non ?! Au final, normal avec le stress que j'ai eu avec Emmanuel un peu plus tôt !

Le médecin arrive enfin. Un homme très avenant. Un espagnol qui parle très bien français. On s'assoit, tendus, quand même !

On lui raconte notre histoire, il écoute. Il a vu mes résultats. Il prend des gants mais le couperet tombe. Pour lui, pour avoir le plus de chance de réussite (il parle de 60 % de chance que cela fonctionne), il faut un don d'ovocytes dans mon cas.

J'insiste car j'y crois encore et j'essaie de m'accrocher à un petit espoir... Il me dit que c'est mon âge qui pose problème. Et surtout la quantité de mes ovocytes qui est quasi nulle. Pour cette clinique très sérieuse, l'âge limite des femmes est de 50 ans mais avec dons d'ovocytes. Ensuite, ce serait trop dangereux, à la fois pour la maman et pour le bébé.

En insistant, je lui dis que je n'ai eu aucune difficulté pour tomber enceinte de Léa et de Lucie mais là encore, il me parle de mon âge.

Je rebondis en lui parlant des nombreuses stars du show-biz que l'on voit enceintes à 45 ans, de jumeaux même. Et là, il me dit que toutes ces femmes font appel à un don d'ovocytes, voire un don de spermes... Il ne s'agit donc pas de leurs propres enfants ! Bien sûr qu'elles ne vont pas le crier sur tous les toits !

Contre toutes attentes (enfin, les miennes !), Emmanuel se détend un peu et pose des questions sur le déroulement d'une grossesse lors d'un don d'ovocytes. Comment cela se passe, quels risques pour la maman (c'est sa grosse peur) et le bébé ?

Accepterait-il l'idée ?

Il ne nous brusque pas, nous laisse le temps de discuter ensemble. Le côté pratique est que cette clinique est ouverte tout le week-end. Nous pouvons prendre le temps de réfléchir si nous avions d'autres questions et puis notre hôtel est à 2 minutes à pied alors...

Si nous acceptions et pour gagner du temps, il nous fait un devis (et oui, ce n'est pas gratuit... loin de là !) et nous propose qu'Emmanuel réfléchisse pour un éventuel spermogramme à faire avant de repartir (pour s'assurer du bon fonctionnement chez lui !). Ce n'est pas une décision qu'il peut prendre comme ça, lui, qui est très réticent à cette idée. Nous n'avons pas besoin de prendre de rendez-vous alors nous pourrons prendre notre décision plus tard et revenir samedi matin par exemple.

Je repars donc le cœur gros. Oui, j'ai eu une réponse que je redoutais et peut-être que secrètement j'espérais autre chose, un miracle peut-être.

Nous rentrons à l'hôtel vers 19h. Je n'ai pas la frite et je pense qu'Emmanuel est un peu comme moi.

Nous décidons de manger dans la chambre et allons commander quelque chose à la réception. J'appelle Stéphanie pour la rassurer et avoir Léa au téléphone. Avant de dormir, nous essayons d'organiser la journée du lendemain. On pourrait aller visiter un peu la ville. A vrai dire, je me force mais c'est important aussi...

Par contre, même si j'en crève d'envie, je ne lui demande pas s'il veut faire le spermogramme. Je le connais assez pour savoir qu'il ne faut pas le brusquer au risque de le braquer. Du coup, je fais comme ci et j'organise notre « journée de visites » dès le matin du lendemain.

J'ai du mal à trouver le sommeil mais fatiguée par le transport et toutes ces émotions je m'endors enfin.

Le lendemain, nous mettons le réveil assez tôt pour essayer de profiter de Barcelone et... du bon petit déjeuner des hôtels !

Comme la veille, et encore pire je dirais, nous ne parlons pas du rendez-vous de la veille et surtout pas du spermogramme. Il va falloir le faire, se décider. Et puis en petit déjeunant, nous commençons à parler de notre programme et surtout du timing. Là, je mets les pieds dans le plat : « Qu'as-tu décidé pour le spermogramme ? ». J'y vais avec des pincettes. Enfin, il me dit qu'il va le faire, que cela ne veut pas dire qu'il est d'accord, mais au moins si on décidait de le faire, ce sera fait et puis cela va lui permettre de voir l'état de ses spermatozoïdes. Au-delà du fait que je suis contente qu'il ait pris cette décision parce que, pour moi, c'est peut-être un signe, je suis contente qu'il puisse voir que le fait que nous n'arrivons pas à donner de nouveau la vie, ne vient pas de lui (ou en tout cas pas que de lui...).

Je suis consciente que c'est un choix pas facile pour lui. Je ne suis pas un homme mais cela ne doit pas être évident de faire un spermogramme !

Nous finissons notre petit déjeuner, on se prépare et en route.

Toujours même accueil bienveillant. Toujours le même petit endroit pour patienter. L'attente est plutôt longue. J'angoisse et je vois mon Manu réagir comme la veille à se dire : « Mais qu'est-ce que je fais là ? ». Il me dit de nouveau que nous sommes en train de perdre notre temps, qu'on serait mieux à visiter la ville etc... Pendant que nous attendons, il nous faut lire tout un tas de consignes, signer des décharges... ça l'inquiète. En fait, c'est pour nous expliquer à quoi vont servir les spermatozoïdes si on ne les utilisait pas pour nous.

Ce qui détend Emmanuel c'est de lire qu'après deux ans sans nouvelles de notre part, les spermatozoïdes (s'ils sont exploitables) vont servir pour la recherche. Au moins, ils serviront à quelque chose !! à faire avancer la science en quelque sorte ! C'était d'ailleurs ce qui le tracassait également.

Une personne vient le chercher enfin. Je reste seule dans cette « salle d'attente ». J'en profite pour jouer à la tablette (j'essaie de me changer les idées comme je peux !). Je n'ai pas l'habitude de jeux sur les tablettes ou portables et là je redécouvre le solitaire ! Ah, un petit retour à mes années passées (je crois que j'y jouais du temps où je travaillais en agence de voyages et que je n'avais pas de client... Mais chut, il y a prescription !). Ça me détend un peu...

Il revient. Assez vite je dois dire ?!... C'est bon, c'est fait !

On s'en va visiter Barcelone.
Je me force, vraiment. Mais par chance (enfin nous sommes en Espagne !), il fait beau. Nous trouvons une terrasse et mangeons une paella... Normal !
On essaie de profiter, de ne pas trop parler de ces rendez-vous, du pourquoi on est venu.
L'après-midi, on se balade au bord de la plage sur les ramblas. Et là, nos langues se délient. On parle de ce qu'on ressent, de ce qu'on a ressenti...
A l'époque je « suivais » un pap'ange sur Facebook qui avait créé sa propre page et qui publiait ses humeurs, partageait des infos etc... Je dis à Emmanuel que ce qui m'avait surpris c'est que cet homme, très amoureux de sa femme, avait, quelques semaines après le décès de son fils (à 40 jours de vie), eu la pensée et l'envie de quitter sa femme. Il expliquait que ce n'était pas par manque d'amour, mais plutôt pour pouvoir (le croyait-il) aller refaire sa vie ailleurs et se trouver devant une autre femme qui n'aurait pas vécu ce drame et du coup, ne pas le lui rappeler à chaque fois qu'il regarderait cette femme. Une sorte d'échappatoire pour oublier. Bien sûr, il ne l'a pas quittée (il l'aime trop) et ne lui a pas dit à l'époque. Il pensait bien qu'elle ne

comprendrait pas. Et en effet, j'ai eu la même réaction que sa femme quand elle l'a su, à savoir : « Si tu veux partir c'est que tu ne m'aimes plus » ! Tout simplement parce que nous, nous ne pourrions réagir ainsi. C'est là toute la différence entre les hommes et les femmes. Nous, nous avons porté notre bébé et nous ne pourrons jamais nous débarrasser de notre ventre. Même si nous décidons de changer de vie, de pays, de mari etc... nous aurons toujours notre corps qui sera le rappel de cette douleur. Un homme, s'il part, il peut éventuellement « oublier » en changeant de vie, de pays, de femme etc... Alors il est difficile de comprendre ce genre de pensée. A ce moment-là, Emmanuel me dit qu'il y a pensé également ! Tout pareil ! C'était la première fois qu'il m'en parlait. Ma question bête « pourquoi tu ne m'en as pas parlé à l'époque ?!!! » Et bien pour les mêmes raisons justement ! J'aurais cru que c'était une histoire de sentiments à l'époque... et en effet ! J'aurais probablement réagi comme ça et j'aurais eu de la peine.

Ça m'a fait tout bizarre qu'il se confie comme ça après tout ce temps, là, à Barcelone. Je ne savais pas comment réagir... Un peu blessée qu'il ne m'en ait pas parlé et puis à la fois soulagée qu'il ne l'ait pas dit, pour me préserver peut-être...

Finalement grâce à ce pap'ange et ce séjour à Barcelone, il a pu en parler et moi, le comprendre.

Avant notre retour en France, il faut que « je vide mon sac ». J'ai peur que de retour en France, ce ne soit pas possible. Je dois dire à Emmanuel ce que je ressens. J'ai toujours cette envie de donner à nouveau la vie, malgré les risques, mais je me rangerais de son côté car je sais qu'il a toujours pris les bonnes décisions. Il est posé alors que moi, je réagis peut-être, surtout dans ce cas-là, sur l'affect uniquement.

Mon couple et ma vie de famille sont ce que j'ai de plus important, je le sais. Pour prendre ce genre de décision, il faut être deux ou alors notre couple éclate et la famille avec.

Bien sûr qu'il aurait été plus facile pour moi qu'Emmanuel soit en accord avec moi, et j'aurais aimé l'entendre dire à ce moment-là : « ok, je suis prêt à prendre ce risque pour avoir un autre enfant ». Mais je sais que ce n'est pas le cas et je préfère penser, à cet instant, qu'il prend la bonne décision pour nous. Je sens qu'il a peur de me perdre ou de devoir vivre une nouvelle fois une épreuve semblable. Il ne s'en relèverait pas et sûrement moi non plus. J'essaie, en effet, de me projeter comme lui. A ce moment précis, ce n'est pas gagné mais il faut que je digère tout ça. En attendant, comme je disais, je fais confiance à Emmanuel et son bon sens.

Par contre, je lui explique qu'il va me falloir un autre projet de vie ; depuis tout ce temps, je me suis focalisée sur cette idée de lui donner un autre enfant, de donner un frère ou une sœur à Léa et du coup, j'ai l'impression que je vais avoir besoin de quelque chose qui pourra me faire avancer dans ma vie, de cheminer plus sereinement.

Nous rentrons sur Montlouis et récupérons Léa. Je suis contente de la retrouver. Par contre je ressens une certaine retenue de part et d'autre. Léa ne nous demande pas comment ça s'est passé et nous n'en parlons pas non plus. Il faut « redescendre » et digérer. J'imagine qu'inconsciemment Léa n'a pas envie de savoir. Elle est sûrement assez intelligente pour se dire que si nous ne lui en parlons pas c'est que ce n'est pas trop ce qu'elle attendait elle non plus !

Le train train de la vie reprend son cours.

Je revois ma psy assez vite pour faire le point. Je savais qu'elle était un peu inquiète pour moi par rapport à ce voyage. Cela fait 4 ans que je la vois maintenant. On commence à se connaître un peu !

Je lui explique tout. Elle me parle de son expérience. Des femmes qu'elle a vues revenir de l'étranger dans le service et pour qui, malheureusement, tout ne se passait pas comme prévu.

Malgré sa réticence, elle s'aperçoit que ce voyage nous a permis de faire le point dans notre couple, dans notre vie de famille, et ça, c'est plutôt positif.

Il faut que je réussisse à me dire que j'aurais été jusqu'au bout du bout dans nos démarches et nos essais et que je n'ai rien à regretter.

Pas facile peut-être pour l'instant mais quand j'aurais trouvé un autre projet, quelque chose qui donne du sens à mon cheminement, j'y arriverais. Je conçois que ce ne soit pas facile à entendre. C'est vrai, mon projet de vie pourrait être l'épanouissement et l'éducation de Léa tout simplement ! Mais non, justement, ce n'est pas si facile et évident que ça. Léa devrait être le sens de ma vie. Alors oui elle l'est mais cela ne me suffit pas. Difficile à expliquer mais peut-être tout simplement qu'il me manque un bout de moi, ma Lucie.

Les vacances de Noël arrivent. Toujours compliqué mais toujours heureux et impatients de voir Léa heureuse (Noël reste la fête des enfants).

Comme chaque année et pour tous les parents endeuillés j'imagine, cette période est un mélange de joie (si on a la chance, comme nous, d'avoir un « enfant sur terre »), de profonde tristesse et un manque viscéral de notre « enfant du ciel ». Difficiles aussi ces moments partagés avec la famille (en l'occurrence ici avec celle d'Emmanuel). Les deux premières années ont été d'ailleurs les plus difficiles. Il faut faire bonne figure mais en fait, on n'est pas là. Je dirais que la deuxième année est encore pire car, comme je le disais déjà, ceux qui vous entourent (et c'est valable pour toutes les personnes et pas seulement la famille) pensent que « votre deuil est terminé ». Que vous êtes passés à autre chose ou du moins que vous avez rebondi et surmonté...

Je crois l'avoir déjà dit mais maintenant je réalise que « faire le deuil » ne veut rien dire et surtout lorsqu'on perd un enfant. C'est un deuil tellement à part. Et pourtant, tellement de personnes pensent qu'on doit faire « son deuil ». On l'entend tellement cette expression. Je me souviens quand je voyais une psychiatre à la suite du décès de ma maman. Au bout de sept ans de thérapie, lors d'une des dernières séances, je lui dis : « je viens de réaliser que j'étais venue pour « faire le deuil » de ma maman. Et puis aujourd'hui je me dis que, non seulement je n'ai pas fait mon deuil, que je ne le ferai jamais car je n'en ai même pas envie et je ne sais même pas ce que cela veut dire ». Elle m'a juste dit : « Voilà ! Vous avez tout résumé, vous n'avez plus besoin de moi » (Cela correspondait également à ma rencontre avec ma moitié, Emmanuel !)

Et encore aujourd'hui, je le pense. Le deuil est un chemin. Nous cheminons à notre rythme avec des chemins sinueux et d'autres plus droits. Avec des hauts et des bas. Pour un enfant, comment un jour se dire : « ça y est, mon deuil est terminé, je n'ai plus mal ! » ? Impossible. Notre cicatrice est là et bien là et elle restera présente toute notre vie, quoique nous fassions ou que nous entreprenions. Avec une telle épreuve, nous perdons définitivement l'idée de notre avenir, de nos projets à quatre. Peut-on s'en remettre un jour ? Comme je l'ai déjà écrit, la mort d'un enfant ce n'est pas dans l'ordre des choses. Même si ma maman est partie trop tôt à 57 ans quand j'avais 22 ans, il était « plus normal » qu'elle parte avant moi. Lucie, non !

Ce 5ème Noël que nous aurions dû passer à 4 s'annonce particulier celui-là. Je réalise tout doucement que je ne serai plus jamais enceinte, que je ne donnerai plus la vie et que je ne pouponnerai plus un autre bébé à moi, à nous. C'est dur mais je vais faire face pour Léa avant tout et pour Emmanuel aussi. On traverse tous les trois la même épreuve, pas la peine d'en rajouter.

Comme chaque année depuis 5 ans, nous fêtons Noël avec la famille d'Emmanuel. Le repas se fait le 24 au midi et nous rentrons dès le soir à la maison afin de pouvoir être à la maison le 25 au matin pour l'ouverture des cadeaux chez nous, notre petit cocon. Depuis notre dispute avec ses parents le jour de Noël 2013, un mois après le décès de notre bébé, deux jours avant que nous l'enterrions, il nous est impossible d'envisager une nuit chez eux. Alors, quitte à rentrer tard, ce n'est pas grave, on prend le risque et c'est très bien comme ça. Nous profitons des bons moments et ne parlons pas des sujets qui pourraient fâcher !

Nous avons notre petit rituel : le matin du 25, nous ouvrons nos cadeaux au réveil. On déballe, on monte, on construit si besoin. On mange sur le pouce le midi et le soir, nous faisons notre petit repas de Noël à trois. On met les petits plats dans les grands. On fait une belle table. On se fait un bon petit repas. En général cuisiné par Emmanuel (le plus doué en cuisine, faut bien l'avouer !!).

Mais ce soir-là, une surprise m'attend.

Une fois à table, Emmanuel appelle Léa dans son bureau, quelque chose se prépare, ça se sent... Mais quoi ? Léa ne m'a rien dit, elle qui a du mal à tenir sa langue en général !! (j'ai su, par la suite, qu'elle n'était elle-même pas au courant).

Elle arrive en filmant. Emmanuel me tend un mot, un poème écrit par lui qui s'appelle « parce que ». Je le lis à haute voix, un peu fébrile et à la phrase « parce que tu as encore tant d'amour à donner », je commence à comprendre et je fonds encore plus en larmes. Pour moi, cette phrase a tellement de sens. A la fin, vient la demande en mariage avec la bague ! Que d'émotions, que de parcours ! Je sais que cela coûte à Emmanuel qui n'est pas particulièrement pour le mariage, je le sais. Il n'est pas pour les choses « convenues ». Moi, qui n'étais pas non plus vraiment pour le mariage, je suis tellement émue ! C'est un mélange de sentiments qui me vient tout de suite. Je suis heureuse, triste à la fois. Heureuse, comme toutes les femmes j'imagine qu'on demande en mariage et triste parce que, je ne peux m'empêcher de penser (surtout en relisant la phrase plus haut) à Lucie. Nous serions-nous mariés si elle avait été parmi nous. J'ai peur aussi, peur que ce ne soit pas pour les « bonnes raisons » qu'il me propose le mariage, pas par amour (même si je sais qu'il m'aime... enfin j'espère !) mais pour que j'arrête de nous « torturer » avec cette idée de bébé.

Mais après tout, n'avais-je pas dit à Emmanuel un mois plus tôt que je souhaitais un nouveau projet !!! Le voilà ce nouveau projet ! Je suis servie !

Léa est surprise que je sois émue. Et oui pour elle le mariage c'est un peu vague. Pour elle, c'est sûr que cela ne changera pas grand-chose. Alors pourquoi maman pleure et surtout pourquoi le mariage ? On est bien comme ça !! Léa me dit même qu'elle ne veut pas que je me marie pour ne pas changer de nom de famille ! Elle s'y était habituée !!

Il a fallu qu'on lui explique le coté symbolique du mariage. Ce que cela pourrait représenter pour nous. Il permettra, toujours symboliquement, de se dire, de montrer aussi, que notre famille est « complète » ; il y a Julie, Emmanuel, Léa et Lucie notre petite étoile présente dans nos cœurs. C'est aussi important pour moi que pour Léa je pense. Cela reste important pour toute la famille.

Je dois dire que j'ai dû faire peur à Emmanuel car dès le lendemain, il fallait trouver une date, limite trouver une salle, le DJ etc...

Je suis à fond dans le projet !!

Nous fixons une date en Septembre 2018. La plus judicieuse, le 22.

Ces quelques mois qui nous séparent de ce 22 septembre 2018 n'ont pas été un long fleuve tranquille, loin de là...

J'ai dû faire face à beaucoup d'incertitudes, de doutes de la part d'Emmanuel. Je m'accrochais en me disant, en lui disant, de me faire confiance, que je savais que c'était une merveilleuse idée ce mariage, et qu'il allait être un nouveau départ, un renouveau, bénéfique pour nous 3.

Parce que c'est vrai qu'il a douté, beaucoup. Et puis un mariage, ça coûte cher. L'aspect financier pour Emmanuel prend beaucoup de place, parfois trop. Il est le chef de famille. Ce même sentiment l'avait étreint au décès de Lucie. Lui, qui avait travaillé très dur pendant ma grossesse en se disant qu'il pourrait par la suite en profiter davantage lors de sa naissance et des premiers mois.... Et malheureusement...

De vieux démons en somme.

Et puis il a eu besoin d'être rassuré, lui qui n'a pas trop confiance en lui (même si le décès de Lucie l'a aidé en ce sens). Pas facile en effet de penser que ce jour-là, vous êtes LA star de la soirée. Tous viennent pour lui.

J'ai fait des erreurs aussi, par rapport au choix de la salle par exemple. Trop excitée peut-être que j'étais. C'était un peu mieux quand je l'ai laissé choisir. Mais très compliqué quand quelqu'un est réticent sur l'événement en lui-même de le laisser choisir et ne pas l'aiguiller. Cela aurait pu se finir dans le jardin autour d'un barbecue !! Bon sincèrement, j'étais prête à beaucoup de choses pour qu'il soit à l'aise mais pas le barbecue !

J'ai attendu 47 ans pour me marier, autant le faire correctement !

Pour nous, je voulais que ce soit un moment inoubliable, un moment pour nous, avec nos amis, et un moment où on pourrait se dire (et que nos amis le disent aussi) qu'on peut être fiers de nous 3, de ce qu'on a fait.

Je souhaitais aussi que ce mariage soit le moyen de montrer à nos amis que nous avons bien cheminé, bien avancé, mais que Lucie fait partie de notre histoire, de notre vie à tous les 3. Il est important qu'on en parle, qu'on ne l'oublie pas et qu'on aura toujours cette cicatrice en nous. Et puis je voulais qu'elle soit, à sa façon, présente elle aussi.

Je me suis demandée comment faire pour ne pas en faire trop non plus et ne pas « plomber » ce moment.

Déjà en prenant un thème qui pourrait correspondre. Alors pourquoi pas les papillons ? Un papillon c'est beau, la symbolique est là, entre ciel et terre, c'est exactement ce que je ressens quand je pense à Lucie. Notre petite chenille s'est transformée en papillon et s'est envolée tout là-haut.

Les couleurs, du vert et du fuchsia pour la nature.

La tante d'Emmanuel, artiste dans l'âme, nous a proposé de faire toute la décoration sur ce thème.

C'était bon de ce côté, plus qu'à nous occuper de nous !

Il fallait aussi que je trouve une autre façon de mettre en valeur notre vie, notre amour, mon chéri et nos deux filles, sans en mettre une plus en valeur que l'autre. Bien sûr, Léa est présente et Lucie non. Ça, je l'ai bien intégré mais je souhaitais vraiment que Lucie fasse partie de la soirée, pas que dans mon cœur.

Je me suis dit qu'un livre fait de photos d'Emmanuel petit, de notre rencontre, de nos voyages et de nos filles. Rares sont ceux qui avaient vu une photo de Lucie. Nous gardions ça comme un trésor à la maison (même si elle a sa place sur le buffet) et puis peur peut-être de mettre les personnes mal à l'aise à la vue d'un bébé dont on sait qu'elle est sans vie.

Mais là, je voulais que ce cadeau, assez personnel certes, puisse être vu par nos invités pour, encore une fois, prouver (le terme est peut-être mal trouvé) que Lucie a bien existé et qu'elle est là, 5 ans après avec nous.

Il y avait, dans ce livre, une photo de moi enceinte de Lucie avec Léa à côté et une photo de Lucie (en noir et blanc) habillée de son beau petit pyjama que nous lui avions acheté et le doudou qu'Emmanuel avait choisi.

Au final, Emmanuel s'est un peu détendu et nous avons fini les préparatifs plus sereinement, enfin aussi sereins qu'on puisse l'être à l'approche d'un mariage !

Le grand jour est enfin arrivé ! Le week-end plutôt car nous avons décidé, en plus de la journée du mariage et son repas, de faire le vin d'honneur le lendemain afin d'inviter d'autres personnes en plus de la veille.

Le marathon allait commencer du coup !!

Quel plaisir de revoir des amis que vous n'avez pas vus depuis longtemps !

Quelle excitation aussi... Tous ceux qui sont passés par la case mariage vont pouvoir imaginer tous les sentiments, émotions que nous traversons dans ces moments-là. Pour les autres, et bien, je vous le conseille !!!

Cela passe très vite, trop vite parfois. Mais c'est que du bonheur, c'est clair !

Emmanuel avait préparé un beau discours. Moi, pas trop mais j'ai souhaité offrir le livre que j'avais confectionné pour lui en présence de toute l'assemblée.

Ce qui marque au final, c'est que, même sans se concerter, que ce soit son discours ou ma petite bafouille, nous avons eu tous les deux le besoin et l'envie de nommer, d'évoquer Lucie. Lui, en précisant qu'il me remerciait de lui avoir donné DEUX filles magnifiques et moi, avec ce livre et la photo de Lucie et de moi enceinte d'elle. Cela peut paraître curieux pour certains mais on retrouve ici cette envie, ce besoin viscéral de « prouver » que Lucie a bien existé et qu'elle existera toujours dans nos vies.

C'est toujours ce dont on a peur. Et ce mariage, pour moi, c'était aussi ma façon de crier haut et fort que Lucie, même si personne ne la connue, est une réalité. Elle a vécu 9 mois dans mon ventre. Une existence in utéro mais une existence quand même !

Pour moi, ce mariage c'est... mission accomplie ! Un aboutissement, une concrétisation de notre amour, un schéma (bon, pas super ce terme) de notre famille acté, un nouveau départ ou plutôt un nouveau chemin emprunté par nous 4. Emmanuel, Léa et moi en marchant et Lucie en volant !

Je suis assez fière de moi. Oui, pour une fois, je peux le dire ! Fière d'avoir au final insisté auprès d'Emmanuel quand il avait des doutes. Car, finalement, même pour lui, ces moments festifs, de partage, lui ont appris beaucoup sur lui, ses proches et ses amis. Comme le décès de Lucie, moment oh combien douloureux, notre mariage l'a aussi rendu plus fort. Fort, parce qu'il a pu s'apercevoir qu'il comptait pour sa famille, ses proches et ses amis qui étaient là pour lui, pour nous.

Je suis fière de lui parce que, honnêtement je ne m'attendais pas (et je suis sûre que lui non plus) à ce qu'il puisse prendre la parole, faire ce discours. Je l'ai vu différemment et là à ce moment précis, j'ai pensé à toutes ces épreuves traversées, par lui, par nous et... Que d'émotions ! Bien sûr j'ai pensé à Lucie, qui donc était bien présente avec nous. Présente dans nos cœurs, nos esprits mais aussi dans la salle par la symbolique de notre décor des papillons.

Je suis fière de ma Léa aussi. Elle a bien participé à l'organisation de ce mariage. C'est elle qui a fait le plan des tables des enfants. Elle s'est impliquée. Et que dire de la soirée. Elle a épaté tout le monde avec une surprise élaborée avec sa copine. Une chorégraphie du tonnerre. A l'aise en plus, devant pas moins de 70 invités quand même ! Elle a assuré !

Quelle émotion de la voir, là, comme ça, épanouie et heureuse ! Sacrée revanche en fait. Bien sûr que pour elle, à ce moment précis et du haut de ses 10 ans, elle ne pensait pas à tout ça, qu'elle pensait juste à vivre le moment présent mais moi, je ne peux pas m'empêcher d'y penser après tout ce qu'on a traversé...

Toutes les personnes présentes qui connaissent Léa nous ont fait cette remarque : une petite fille épanouie et qui s'est transformée !

J'étais également heureuse d'entendre tous ces beaux discours très émouvants. Du frère d'Emmanuel (Je crois que c'est la première fois que je l'ai vu comme ça), de son meilleur ami, tellement touchant. Il lui a d'ailleurs avoué ce jour-là qu'il prenait conscience seulement maintenant de l'épreuve que nous avions dû traverser. Pourtant présent (même à distance), il trouvait qu'il n'avait pas été assez présent et s'en excusait.

Heureuse je l'étais, et je pense que nous étions tous les trois heureux ! Et ça fait du bien ! Non pas que depuis le décès de Lucie, nous n'avons pas eu de moments heureux et... heureusement ! Mais là, c'est une certaine plénitude. Se dire qu'on n'a pas fait ça pour rien. J'ai ramé un peu pendant les préparatifs mais voilà le résultat ! Et entendre dire par mes beaux-parents, ses parents, que le mariage était réussi. Qu'on sentait que nous avions créé notre petit cocon soudé avec nos amis. Tout ça ne peut que nous rendre heureux et plus forts pour l'avenir. Ils ont, à ce moment-là, compris des choses sur notre histoire, sur les épreuves que nous avons traversées. En tout cas, c'est ce que je ressens. Ils ont pris conscience de l'ampleur du drame vécu mais également du chemin parcouru. Moi aussi j'ai pris conscience des choses à leur sujet. J'ai pris conscience que, eux aussi avaient souffert de perdre leur petite-fille, de voir leur fils dans cet état et l'avaient certainement exprimé à leur manière. Nous étions tellement dans notre douleur peut-être que nous n'avions pas vu leur douleur parce qu'ils ne l'avaient pas exprimé comme nous, ou comme nous aurions voulu qu'ils l'expriment.

Nous voilà parés pour vivre de nouvelles aventures, pour affronter la vie avec toutes nos expériences qui font notre force, peut-être aussi nos faiblesses, mais nous savons que nous sommes entourés et bien entourés.

Il y aura forcément encore des moments de doute, de grande tristesse, de mélancolie, mais je crois que le plus important pour pouvoir les accepter c'est d'en être conscient. Être conscient aussi que nous aurions pu agir différemment à certains moments, prendre d'autres décisions. Nous avons par exemple pris la décision de rester tous les deux avec Emmanuel lors de la mise au monde de Lucie, de son enterrement même. J'ai lu plusieurs témoignages (surtout Outre Atlantique) où la famille (parents ou même frères et sœurs) étaient venus rencontrer et accueillir l'enfant parti trop tôt. Que ce soit à la maternité, à la chambre mortuaire ou lors de l'enterrement.

Je me dis que cela aurait pu permettre aux proches de mieux prendre conscience de l'existence de Lucie, de pouvoir « la voir en vrai ». Je pense notamment à mes beaux-parents qui ne m'ont vue qu'une ou deux fois enceinte, et encore au début. Et que dire du frère d'Emmanuel qui, je crois, ne m'a eue qu'au téléphone. Pour la maternité, c'est délicat car tout va très vite et nous avons eu que très peu de temps avec Lucie. Par contre, dans la chambre mortuaire, cela aurait été envisageable. Plus de temps, un moment de rencontre particulier. Les réactions, les ressentis des uns et des autres auraient peut-être été différents. Nous ne saurons jamais mais l'idée me plaît bien. En tout cas, pouvoir le proposer, ce que nous n'avons pas fait, même pas penser à le faire sur le moment. Certains en auraient eu peut-être envie et n'ont pas osé nous le demander. C'est un regret que j'ai. Cela ne se fait certainement pas encore en France. C'est sûrement pour ça qu'on ne nous l'a pas proposé à la maternité. Au Canada, les mentalités sont différentes. Mais la société évolue sur le deuil périnatal, peut-être un jour...

Le deuil est un cheminement. Et ce chemin n'est pas forcément tout droit et sans embûches, loin de là ! Ce chemin dure toute la vie.

Nous aurons à jamais cette cicatrice de la perte de notre enfant. Il y aura parfois des moments où elle sera plus douloureuse et d'autres moments un peu moins. Elle ne disparaîtra jamais et d'ailleurs, je ne souhaite pas qu'elle disparaisse. Toujours peut-être cette manière de montrer que cette épreuve fait partie de notre histoire. Lucie n'étant plus présente, visible dans ce monde, il faut bien que quelque chose de concret reste visible. Pour moi, c'est cette cicatrice qui symbolise notre douleur, notre peine, les fois où on a envie de pleurer, de crier notre colère (oui il y aura encore de la colère chez nous trois, j'en suis sûre). Cette cicatrice y apportera aussi une certaine légitimité.

Pour conclure, j'aimerais faire des remerciements.

Merci tout d'abord aux associations qui nous aident, nous parents endeuillés. En tout cas, c'est le cas pour moi. La première, « Voiles des Anges », qui nous a accueillis au tout début. Les premières années, « les plus compliquées » avec ce beau projet d'emmener nos enfants partis trop tôt sur un bateau lors d'un Vendée Globe. Ce fut le cas en 2016 (avant cela, il faut récolter de l'argent, négocier, préparer etc.). Ce fut un moment magique, presque 3 ans jour pour jour après le décès de Lucie. Pour l'occasion, nous sommes allés aux Sables d'Olonne pour le départ des bateaux. Moment magique, rempli d'émotions, tout en symboles bien sûr. Nous offrions à notre étoile son voyage, un tour du monde. Son prénom, comme tant d'autres, inscrits sur la coque du bateau. Avant cela, il y a eu des tas d'événements qui nous aident, nous réchauffent le cœur, nous rappellent que nous ne sommes pas seuls.

Je me rappelle de notre première rencontre avec des familles ayant vécu la perte d'un enfant. Loin d'être, comme certains pourraient le penser, des rencontres tristes un peu « sectaires » (on a tous vécu le même drame), ce sont des rencontres où l'on se sent bien. On ne s'empêche pas de parler de nos enfants du ciel mais on ne s'empêche pas non plus de rire. Il y a des moments tristes mais pas que, loin de là !

Je me souviens de la première rencontre. Nous avions fait le déplacement tous les trois. Emmanuel était, je me souviens, plus réticent que moi (comme beaucoup d'hommes dans ce cas-là d'ailleurs). J'avais déjà échangé plusieurs fois via les réseaux sociaux avec ces personnes, mais pas Emmanuel. Mais le contact a été tellement facile ! C'est impressionnant ! Comme si on les connaissait depuis longtemps, en tout cas un contact super facile. Je me souviens de ma surprise (agréable) de voir Emmanuel se confier à des papas, des pap'anges comme lui. Surprise, pas tant que ça en fait. Il n'y a aucun tabou entre eux, entre nous. Pas de peur de mettre mal à l'aise la personne en face puisqu'on ressent la même chose. Pas de personnes en face qui vous disent « oh, je suis désolée » quand vous leur parlez de votre enfant qui n'est plus là.

C'était chouette aussi de voir Léa, détendue. Libre aussi de pouvoir parler de sa petite sœur si elle en avait envie. Elle s'est aussi aperçue lors de cette soirée que d'autres enfants, comme elle, avaient aussi vécu la même chose. Certains avaient perdu leurs petits frères, d'autres leurs petites sœurs comme elle, et d'autres encore n'avaient pas connu leurs grands frères partis avant leur naissance. Trois ans après l'envol de Lucie, Léa, qui allait avoir 8 ans, a découvert ou pris conscience ce soir-là, qu'elle non plus, n'était pas seule !

Par la suite, j'ai rejoint une autre association « Décroche moi une étoile ». Nous avons retrouvé des « anciens » de Voiles des Anges et de nouvelles personnes. Nous y sommes toujours. Nous essayons de nous retrouver tous ensemble lors d'un week-end chaque année. Ces rencontres sont très importantes et sacrées. Nous retrouvons ce besoin, cette envie, d'être ensemble « entre nous ». Nous avons créé des liens forts. Au fil du temps, les enfants grandissent, d'autres nous rejoignent. Les enfants prennent plaisir à se retrouver chaque année. Pour moi, ils font partie de ma famille. Avec les réseaux sociaux, nous avons l'occasion d'échanger entre nous au cours de l'année. Nous faisons des défis, nous essayons de nous surpasser tout en honorant la mémoire de nos enfants.

Merci à eux d'être là, toujours. A chaque Noël, à chaque anniverciel de Lucie, nous recevons un cadeau. Petits gestes qui font tellement de bien au cœur.

Merci au site que j'ai découvert très tôt après la mort de Lucie. « Nos petits anges au paradis » et son forum. J'y ai échangé avec des mamans. Des échanges qui font du bien, et qui, une fois de plus, vous permettent de voir que vous n'êtes pas seuls. On échange également nos doutes, nos expériences, nos peines mais aussi nos joies.

Au final des liens se tissent. Aujourd'hui encore, sept ans après, je garde contact avec deux personnes merveilleuses. Une, Outre-Atlantique, avec qui j'échange sur les réseaux sociaux. Une mam'ange d'une petite Béatrice décédée d'un nœud de cordon comme notre Lucie, à la même période. Cela crée des liens, forcément !

Nos échanges étaient et sont toujours très beaux.

Il y a aussi une mam'ange d'une petite Ambre, partie onze jours après notre Lucie. Là aussi, ça crée des liens ! Elle est plus près et désormais nous nous voyons régulièrement, et c'est toujours un bonheur immense quand toute la famille se voit. Dès notre première rencontre, cela a été une évidence. Même pour nos hommes qui n'avaient jamais échangé. Une impression de se connaître depuis toujours. Léa, habituellement réservée, a toujours été très à l'aise avec eux et ce, dès la première rencontre. Comme quoi...

Ils sont les parents depuis de deux petits garçons. Des séjours chaque année qui sont nécessaires pour toute la famille !

Merci à ces amis qui étaient là, qui sont là... toujours. Tous là pour nous aider, nous épauler, tous à des moments différents et avec leurs

« compétences ». Des sorties pour Léa et du culinaire pour certains, jusqu'à la relecture de mon témoignage pour une autre amie. C'est ce qui a fait notre force aussi et notre envie d'avancer. Tellement précieux ces gestes. Je souhaiterais que ce témoignage puisse servir à leur faire prendre conscience de tout ça, aussi.

Merci à ma sage-femme indépendante (devenue notre amie). Présences indispensables et primordiales !

Aux personnels de la maternité. Je pense forcément à Edwige, Marie Claude, Mme Bonissent. C'est important pour moi de les citer parce qu'ils nous ont tous permis, à un moment donné, d'avancer de par leur bienveillance, leurs conseils.

Nous avons eu beaucoup de bienveillance de la part de tout le personnel de Bretonneau, tant dans l'accueil que dans la prise en charge et le suivi. C'est une chance.

Et puis, je voulais remercier Lucie. Oui, cela peut paraître étrange... Mais au final, merci à toi ma Lucie pour ce que tu nous as apporté et ce que tu nous apportes. Bien sûr que tu nous manques tous les jours, que tu nous manqueras toujours. Que ton décès a été un tsunami pour nous trois, avec une cicatrice toujours en nous. Mais j'ai adoré te sentir en moi, t'attendre pendant ces 9 mois de grossesse. Léa et Emmanuel étaient heureux, on faisait plein de projets. Malgré la douloureuse épreuve de ton décès, tu nous as rendus plus forts, tu nous as permis de prendre confiance en nous, de relativiser, de profiter de la vie de façon plus intense. Bien sûr, tout n'est pas arrivé tout de suite. Il a fallu du temps, du travail sur soi. N'oublions pas, c'est un long chemin et il n'est pas terminé. Par moment, nous allons même peut-être nous dire que non, ce n'est pas ça du tout, qu'elle nous a apporté que de la douleur...

Je réalise, en écrivant ces lignes, que c'est son décès qui nous a apporté cette douleur, cette souffrance. Par contre, Lucie, elle, nous a apporté tout ce que j'écrivais plus haut.

Elle nous a surtout permis de rencontrer des personnes merveilleuses qui font partie de notre vie maintenant, une nouvelle famille.

Et s'il faut trouver un sens à son départ, c'est bien celui-là, ce livre, ces rencontres, cette force.

J'aimerais que ce livre, dont le but est de laisser une trace, de parler de mon expérience, puisse aider, aider à comprendre, qu'il s'agisse de nos proches ou de parents endeuillés.

Et si je peux aider, j'en aurais beaucoup de satisfaction. Un autre sens à donner à la courte vie de Lucie et à son départ.